A VIDA ASSOMBRADA
& OUTROS ESCRITOS

Livros de Kerouac publicados pela **L&PM** EDITORES:

Kerouac: 3 em 1 (Os vagabundos iluminados, On the Road – Pé na estrada, Os subterrâneos)
Anjos da desolação
Big Sur
Cidade pequena, cidade grande
Despertar: uma vida de Buda
Diários de Jack Kerouac: 1947-1954
Geração beat
Jack Kerouac e Allen Ginsberg: as cartas
Livro de haicais
O livro dos sonhos
O mar é meu irmão
On the Road – o manuscrito original
On the Road – pé na estrada
Pic
Satori em Paris
Os subterrâneos
Tristessa
Os vagabundos iluminados
Viajante solitário
A vida assombrada
Visões de Cody
Visões de Gerard

JACK KEROUAC

A VIDA ASSOMBRADA
& OUTROS ESCRITOS

Tradução de Rodrigo Breunig

Texto de acordo com a nova ortografia.
Título original: *The Haunted Life and Other Writings*

Tradução: Rodrigo Breunig
Capa: Ivan Pinheiro Machado. *Foto*: iStock
Preparação: Marianne Scholze
Revisão: Patrícia Yurgel

CIP-Brasil. Catalogação na publicação
Sindicato Nacional dos Editores de Livros, RJ.

K47v
Kerouac, Jack, 1922-1969
    A vida assombrada & outros escritos /Jack Kerouac; tradução Rodrigo Breunig. – 1. ed. – Porto Alegre [RS]: L&PM, 2018.
    200 p. ; 21 cm.

    Tradução de: *The Haunted Life and Other Writings*
    ISBN 978-85-254-3689-4

    1. Ficção americana. I. Breunig, Rodrigo. II. Título.

18-48307   CDD: 813
                    CDU: 821.111(73)-3

Leandra Felix da Cruz - Bibliotecária - CRB-7/6135

Copyright © 2014 by John Sampas, The Estate of Stella Kerouac

Todos os direitos desta edição reservados a L&PM Editores
Rua Comendador Coruja, 314, loja 9 – Floresta – 90220-180
Porto Alegre – RS – Brasil / Fone: 51.3225.5777

PEDIDOS & DEPTO. COMERCIAL: vendas@lpm.com.br
FALE CONOSCO: info@lpm.com.br
www.lpm.com.br

Impresso no Brasil
Outono de 2018

*Este livro segue dedicado
à memória de suas musas lowellianas,
Sebastian Sampas e Billy Chandler.*

Sumário

Introdução: os fantasmas de Jack Kerouac 9
Sugestões para leitura adicional 31
Notas sobre o texto 33

PARTE I – A VIDA ASSOMBRADA 35

PARTE II – ESBOÇOS E REFLEXÕES 107

Para *A vida assombrada*: A Odisseia de Peter Martin (1943)... 111
Para *A vida assombrada* (12 de abril de 1944) 115
Pós-Fatalismo (Dia da Bastilha, 14 de julho de 1943) 119
Exercício de datilografia (1944) 123
O sonho, a conversa e o ato – Parte do delírio de
    Peter Martin (c. 1947) 125
Não adianta negar (1945) 131
Esboço de subsequente sinopse: *Cidade pequena,
    cidade grande* (1948) 143
Algumas conclusões de *Cidade pequena, cidade
    grande* (1948) 157

PARTE III – JACK E LEO KEROUAC 161

Cartas (1942-1943) 165
Um esboço de Gerard (1942) 177
Um esboço de Nashua e Lowell (1942) 179
Registro de diário (1945) 185
Um exemplo de prosa não*espontânea e deliberada
    (11 de outubro de 1954) 193
Reflexão sobre Leo (1963) 195

Agradecimentos 197

Introdução:
os fantasmas de Jack Kerouac

"Jack and Edie lying across my bed,
Flying high like the spirits of the dead,
The living and the dead, the living and the dead.

Our Lady of Sorrows and the long dark night,
How many candles could I light
For the living and the dead, the living and the dead?

What's that black smoke rising, Jack, is the world on fire?"*

– Jolie Holland, "Mexico City"

O ano de 1944 foi conturbado e importante para Jack Kerouac. Em março, seu amigo íntimo e confidente literário Sebastian Sampas perdeu a vida na cabeça de ponte da praia de Anzio enquanto prestava serviço como médico do exército dos Estados Unidos. Nessa mesma primavera – ainda tomado de dor pela morte de Sebastian –, Kerouac consolidou suas relações de amizade com William Burroughs, Allen Ginsberg e Lucien Carr, mergulhando, para compensar a perda de Sampas, na florescente boemia nova-iorquina da metade do século. Em

---

* "Jack e Edie deitados na minha cama, / Voando alto como os espíritos dos mortos, / Os vivos e os mortos, os vivos e os mortos. // Nossa Senhora das Dores e a longa noite escura, / Quantas velas eu poderia acender / Para os vivos e os mortos, os vivos e os mortos? // O que é aquela fumaça negra subindo, Jack, o mundo está em chamas?" (N.T.)

agosto, contudo, as coisas tomaram um rumo sinistro: Carr apunhalou e matou David Kammerer, conhecido de longa data, no Riverside Park, alegando depois que defendera sua virilidade contra o insistente e indesejado assédio sexual de Kammerer. Por ter ajudado Carr a se livrar da arma do crime e dos óculos de Kammerer, Kerouac foi acusado de cúmplice posterior do crime. Consequentemente, Kerouac foi preso em agosto de 1944; no dia 22 do mesmo mês, ele se casou com sua primeira esposa, Edie Parker, de modo a obter o dinheiro necessário para pagar a fiança. Por fim, as autoridades aceitaram a versão de Carr para o crime, julgando-o por homicídio culposo em vez de doloso; com isso, foram anuladas as acusações contra Kerouac.

Escrevendo sobre a experiência em agosto de 1945, Kerouac lamentou não ter "mantido um diário dos acontecimentos do verão de 1944 [pois] hoje eu teria material para um belo livro... amor, assassinato, conversas diabólicas, tudo". Como se viu depois, esses acontecimentos acabaram, de fato, aparecendo em livro – em mais de uma ocasião –, já que a morte de Kammerer e a imersão inicial de Kerouac na órbita social ganharam forma ficcional em *Cidade pequena, cidade grande* e *Vaidade de Duluoz*, bem como em *E os hipopótamos foram cozidos em seus tanques*, escrito em coautoria por Kerouac e Burroughs em 1945. No entanto, arrastado pelo turbilhão de 1944, Kerouac literalmente deixou escapar pelos dedos uma potencial publicação – embora seu tema nada tivesse a ver com Carr ou com a sedução tentadora da vida boêmia em Nova York. Em certa altura, no fim daquele ano – sob circunstâncias que permanecem um tanto misteriosas –, o aspirante a escritor esqueceu em algum lugar um manuscrito com extensão de novela intitulado *A vida assombrada*, uma história de formação ambientada em Lowell, Massachusetts, a cidade natal de Kerouac, e protagonizada por um personagem baseado no recém-falecido Sampas. Em *Vaidade de Duluoz*, Kerouac descreve brevemente *A vida assombrada* como "o longo romance que eu estava escrevendo... a lápis", admitindo que perdeu o manuscrito, "possivelmente num táxi", e que não tivera "notícia dele nunca mais". Kerouac também menciona seu manuscrito extraviado num inventário de sua obra feito em 1954, uma lista escrita à mão na qual ele se vangloria de ter redigido um milhão e meio de palavras, incluindo *A vida assombrada* como contribuição "perdida" a esse total.

O manuscrito perdido ressurgiu, contudo, como item do catálogo de leilão da Sotheby's em junho de 2002. Cinquenta e oito anos depois de seu desaparecimento, *A vida assombrada* foi vendido para um licitante anônimo por 95,6 mil dólares. No ano anterior, o manuscrito mais célebre de Kerouac, o rolo de *On the Road*, tinha sido arrematado em leilão por Jim Irsay pelo valor de 2,43 milhões de dólares; essa venda parece ter motivado o vendedor do manuscrito de *A vida assombrada* a testar seu valor no mercado. Aparentemente, o manuscrito havia sido legado ao vendedor (também anônimo) pela pessoa com quem ele vivera por longo tempo, que alegava tê-lo encontrado décadas antes no armário de um dormitório da Universidade de Columbia. Embora seja vaga nos detalhes, essa explicação faz bastante sentido, já que Kerouac passara o mês de outubro de 1944 morando no dormitório de Ginsberg em Columbia depois de residir brevemente com Edie na cidade natal dela, Grosse Point, no Michigan. Mesmo que a ideia do manuscrito circulando pelas ruas de Manhattan no banco de trás de um táxi amarelo talvez tenha parecido a Kerouac ao mesmo tempo romântica e pungente, a hipótese mais provável indica que ele deixara o manuscrito no quarto de Ginsberg depois de aceitar um emprego no navio mercante *Robert Treat Paine* (apenas para abandonar o navio na Virgínia e rumar de volta a Nova York). É impossível dizer por que razão ele não localizou depois o manuscrito, se bem que, fiel a seu título, *A vida assombrada* fosse afinal se materializar de novo, aos olhos do público, como uma aparição cuja missão no mundo tivesse sido interrompida inesperadamente.

Em 1943, Kerouac se lançara numa empreitada menos malograda como marinheiro mercante, zarpando para Liverpool no *George Weems*. Logo depois de retornar a Nova York, esboçou "A Odisseia de Peter Martin", um documento escrito à mão com o planejamento para o romance que ele acabou perdendo. Esse documento reflete a esperança de Kerouac de que *A vida assombrada* pudesse abranger uma história sociocultural dos tempos de guerra, vistos através das experiências de Peter Martin, um personagem que, posteriormente, Kerouac traria de volta como um dos protagonistas de *Cidade pequena, cidade grande*. Kerouac começou a redigir *A vida assombrada* durante uma breve permanência em Nova Orleans em maio de 1944, e parece ter completado a Parte Um ("Casa") no verão do mesmo ano. Como Kerouac deu a entender em *Vaidade de Duluoz*, o manuscrito foi escrito inteiramente a lápis, em papel de caderno alinhado (24,1 por 14,9 centímetros), e atinge uma extensão de 71 páginas. Esse total inclui um documento conclusivo, "Personagens para futuros romances", cuja inserção sugere que Kerouac considerou completo seu esboço da Parte Um. Tal suposição também é apoiada pelo fato de que *A vida assombrada* é um original passado a limpo, meticulosamente escrito na caligrafia do autor e desprovido de marginália, marcas de correção e erros gramaticais significativos.

A limpidez do manuscrito escrito à mão sugere um esboço anterior, embora os relevantes documentos de rascunho pareçam estar definitivamente perdidos. Como resultado, muitos detalhes a respeito da história do manuscrito e de sua composição permanecem desconhecidos, embora possamos colher certas informações dos materiais de arquivo coletados na segunda seção do presente volume. A ausência de rascunhos de trabalho é agravada pelo fato de que Kerouac começou a escrever o romance num breve intervalo entre duas de suas mais importantes histórias de correspondência – uma com Sampas e a outra com Ginsberg –, com a decorrência de que não existe um registro pormenorizado da elaboração de *A vida assombrada* no prodigioso corpus de cartas de Kerouac. Algumas conjecturas podem ser feitas, claro, levando em conta o conteúdo imaginado das seções posteriores do romance, com base nos documentos preparatórios existentes, juntamente com a trajetória do enredo de *Cidade pequena, cidade grande*, no qual Kerouac completou sua criação de Peter Martin de maneira decisiva. Essas conjecturas, entretanto, continuam amplamente duvidosas na ausência de uma sinopse detalhada ou de documentos adicionais de rascunho, embora saibamos, pela documentação de Kerouac na folha de rosto, que ele pretendia, originalmente, escrever duas partes adicionais (intituladas "Guerra" e "Mudança"). Tudo isso para dizer que, embora não seja possível contornar o fato de que o romance não tem o fim originalmente imaginado por seu autor – com toda a honestidade, sequer sabemos em que medida o romance é efetivamente inacabado –, *A vida assombrada*, mesmo assim, oferece um vislumbre revelador da vida criativa e dos talentos imaginativos de Kerouac num momento crítico de seu desenvolvimento artístico. Defrontados com essa carência de informações mais detalhadas, deveríamos nos concentrar de modo mais atento no fragmento restante, que funciona, de fato, como narrativa satisfatória, ainda que permaneça em aberto.

O comedido manuscrito escrito à mão de *A vida assombrada* contrasta fortemente com o rolo de 36 metros de comprimento dos originais de *On the Road*. No rolo, que se transformou num dos manuscritos datilografados mais célebres da história literária americana, Kerouac explorou a fundo aquilo que muitos consideram ser as marcas registradas de seus interesses criativos, assumindo seu lugar em meio a uma geração de autores do pós--guerra que infundiram verve e energia transformadora às letras americanas. Ainda que a prosa precoce de *A vida assombrada* possa se mostrar carente do carisma inovador e da despreocupação experimental de obras como *On the Road* e *Doctor Sax*, ela oferece, mesmo assim, uma importante janela de observação do intelecto e das intenções do artista aspirante em seu caminho rumo à prosa elaborada de *Cidade pequena, cidade grande*, de 1950. Esse romance foi o *Dublinenses* de Kerouac; como James Joyce, ele começou sua viagem autoral no reino do realismo e do naturalismo – deixando em seu rastro um impressionante documento. Embora tenha virado uma prática crítica comum repudiar *Cidade pequena, cidade grande* como derivação de Thomas Wolfe, o primeiro romance publicado de Kerouac não deixa de ser uma estreia empolgante. Com efeito, Kerouac chega a *Cidade pequena, cidade grande* como um romancista já dotado de destrezas prodigiosas: parece haver pouco que o escritor de 28 anos seja incapaz de fazer nos limites da prosa convencional de romance. Hábeis descrições de cenários locais se combinam a diálogos convincentes e um elenco de personagens cativantes, fazendo de *Cidade pequena, cidade grande* um notável romance de seu tempo. Fica claro, agora, que Kerouac estreou em livro impresso de forma tão impressionante por conta, em parte, dos escritos aqui coletados, uma seleção de obras inéditas nas quais podemos ouvir os presságios do escritor maduro que se anunciava, enquanto nos vemos envolvidos pelos vestígios embrionários de suas preocupações literárias de vida inteira.

O que também emerge desses escritos é uma imagem do jovem Kerouac como um atento e meticuloso planejador de suas próprias ideias, comprometido com um projeto artístico que contribui muito para refutar a percepção pública de Kerouac como um espontâneo metralhador de palavras cuja postura autoral meramente complementava sua postura dionisíaca na vida. Essa imagem recalcitrante de Kerouac sempre tendeu a um exagero prejudicial (e muitas vezes sensacionalista), e, em última análise, presta-se mais à erudição hagiográfica ou às formas correlatas de veneração autoral da celebridade do que a um julgamento franco e crítico da gama intelectual de sua obra. Por sua vez, uma avaliação mais vigorosa e equilibrada dos méritos de Kerouac poderia surgir da aplicação de um foco crítico acentuado em sua reverência ao processo (um processo que incluía escrita criativa, esboço, revisão e reescrita do esboço) e da contextualização de sua arte num conjunto mais rico de influências e aspirações, tanto literárias quanto históricas. Poderíamos começar tendo mais em mente a influência formadora das décadas de 1930 e 1940, tal como encontrada pela primeira vez nos documentos de *A vida assombrada*, pois (como veremos) as preocupações culturais e sociais desses anos lançam longa (e fantasmagórica) sombra sobre o restante da obra de Kerouac.

Kerouac fixou seu tratamento ficcional de Peter Martin contra o pano de fundo do cotidiano: os afazeres do distrito comercial, a atmosfera esfumaçada do bar da esquina, os ruídos sonolentos de um jogo de beisebol transmitido pelo rádio. Peter está indo para seu segundo ano no Boston College e, enquanto passa o verão em casa, em Galloway, enfrenta os dilemas urgentes de seu tempo – os efeitos prolongados da crise econômica da década anterior e aquilo que parece ser a iminente entrada dos Estados Unidos na Segunda Guerra Mundial. Os outros personagens principais, Garabed Tourian e Dick Sheffield, são baseados respectivamente em Sebastian Sampas e no conterrâneo de Lowell Billy Chandler, ambos já mortos em combate à altura em que Kerouac escreveu *A vida assombrada* (proporcionando parte do ímpeto do título). Garabed é um poeta e idealista de esquerda, dotado de um pronunciado matiz byroniano. Dick é um aventureiro romântico cuja sede de correr mundo afora o deixa pronto para deixar Galloway – com ou sem Peter. *A vida assombrada* também contém um retrato revelador e controverso do pai de Jack, Leo Kerouac, que reaparece como Joe Martin. Em contraste com Garabed e sua perspectiva progressiva, confiante no New Deal, Joe é um intolerante populista de direita, ardente admirador do padre Charles Coughlin, célebre personalidade do rádio. Os conflitos do romance, assim, são essencialmente intelectuais, já que Peter se vê indeciso entre as diferentes opiniões dos outros três personagens a respeito da história, da política e do mundo, e sofre para definir aquilo que acredita ser verdadeiro e digno de seu intelecto e seus talentos.

Kerouac tomou como modelos dessa forma de drama intelectual baseado em diálogos as obras de Fiódor Dostoiévski, algo que ele enfatizou explicitamente em seus documentos de planejamento para *Cidade pequena, cidade grande*. Escrevendo sobre suas intenções para os três irmãos Martin mais velhos nesse romance, Kerouac explicou que "esses três irmãos – Peter, Francis e Joe – representam as três alternativas de ajuste da vida americana, como foram os irmãos Karamázov na Rússia de Dostoiévski". *Os irmãos Karamázov* é, essencialmente, um romance de ideias no qual os personagens principais representam diferentes posições filosóficas; o mesmo pode ser dito de *The Possessed* (hoje comumente intitulado *Demons* [*Demônios*] nas traduções para o inglês), outro romance de Dostoiévski pelo qual Kerouac nutria particular apreço. Grande parte do conflito nesses romances é gerado pela colisão e evolução de filosofias distintas conforme a narrativa se desenrola, testando a validade ou sabedoria da posição particular de cada personagem. Na representação de Kerouac em *A vida assombrada*, também se pode dizer que Joe, Garabed e Dick são "três alternativas de ajuste da vida americana" durante o crítico período histórico que se estende da Grande Depressão à eclosão da Segunda Guerra Mundial. Enraizadas na década de 1930, essas vozes ou perspectivas emanam de um dos períodos mais turbulentos da história americana e falam de maneira vívida de uma era na qual a nação chegou extraordinariamente perto de uma ruptura revolucionária.

O jovem Kerouac certamente sentia na pele a vibração revolucionária do período, como a sentia também o idealista Sampas. Considere, por exemplo, a carta de março de 1943 a Sampas, na qual um exuberante Kerouac propõe uma viagem à Rússia para colocar uma coroa de flores na sepultura do escritor socialista John Reed. Numa passagem anterior da mesma carta, Kerouac proclama: "DEPOIS DA GUERRA, PRECISAMOS

IR PARA A FRANÇA E GARANTIR QUE A REVOLUÇÃO SIGA BEM! E ALEMANHA TAMBÉM! E ITÁLIA TAMBÉM! E RÚSSIA!". Esses arroubos revolucionários (expressos em letras maiúsculas) poderiam ser atribuídos àquilo que Michael Denning identificou como um pronunciado "trabalhismo" da cultura americana durante os anos 1930, nos quais as classes operárias e o "povo" se tornaram o assunto dominante das indústrias culturais da nação – no mesmo momento em que viravam o foco da retórica política da era e dos esforços organizacionais do Congresso das Organizações Industriais (CIO, na sigla em inglês). Esse fenômeno foi fomentado nas letras americanas por figuras como Mike Gold, editor da *New Masses*, e por grupos como os John Reed Clubs; num caderno de 1942, a discussão por parte de Kerouac daquilo que ele chama de "a trindade" dos grandes escritores americanos deixa transparecer os vestígios desse trabalhismo: embora inclua Thomas Wolfe em sua trindade, ele também cita William Saroyan e Albert Halper, que poderiam ser ambos convincentemente identificados com as transformações culturais descritas por Denning.

A admiração de Kerouac por Wolfe, entretanto, permanece inegável. O regionalismo lírico de *Look Homeward, Angel* [Olhe para casa, anjo] (1929), de Wolfe, que romanceava a formação juvenil do autor em Asheville, Carolina do Norte, sem dúvida coloriu o relato do próprio Kerouac sobre sua juventude em Lowell. Com efeito, a exuberância jorrante da prosa de Wolfe pode ser vista com grande vividez no retrato impressionista de Galloway que aparece perto do fim do capítulo inicial de *A vida assombrada* (começando com a frase "Aqui em Galloway..."). Contudo, essa descrição poética da vida numa cidade pequena se destaca em forte contraste na comparação com a prosa realista e despojada que animava o texto até ali – um estilo mais condizente com o realismo de foco trabalhista de escritores como Saroyan e Halper. *The Time of your Life*, peça de 1939 pela qual Saroyan ganhou o Prêmio Pulitzer, catapultou o escritor californiano às maiores alturas da cultura literária da nação. Centrada predominantemente nos frequentadores de um bar de São Francisco, a peça transmite com esmero as esperanças e aspirações de cada personagem quanto ao futuro. No conjunto de sua obra, contudo, Saroyan tendeu mais ao retrato dos trabalhadores rurais armênio-americanos em San Joaquin Valley, na Califórnia, sobretudo em sua cidade natal, Fresno. Nos escritos de Fresno – dos quais a coletânea de contos *My Name is Aram* (1940) é particularmente representativa –, Saroyan descreveu a vida dos trabalhadores rurais e de suas famílias com alto grau de realismo e fibra, uma qualidade que deve ter calado fundo no jovem Kerouac, sempre dotado de uma empatia instintiva pelos operários de Lowell e pelas comunidades que eles habitavam (mas não necessariamente pelas fábricas nas quais eles labutavam). Em certo sentido, algumas das últimas obras de Kerouac, como *Doctor Sax* e *Visões de Gerard*, tentam replicar o feito de Saroyan em relação à comunidade franco-americana de Lowell. A vida pregressa de Kerouac em Lowell também contribui muito para explicar sua fascinação por Albert Halper, cuja reputação sofreu um sério declínio desde os tempos em que Kerouac o incluiu em sua trindade de influências. Halper era mais pronunciadamente comprometido com a estética proletária do que Saroyan, e, em obras naturalistas como *The Foundry* (1934), ofereceu um retrato convincente dos operários de Chicago que obviamente tocou a alma de Kerouac, lembrando-o da experiência de crescer numa cidade fabril da Nova Inglaterra.

Condizendo com a cultura "trabalhista" discutida acima, muitos escritores americanos da década de 1930 e do início dos anos 40 dirigiram suas atenções criativas para o "povo", pois grande parte da população lutava para sobreviver às desafiadoras circunstâncias da época. Por conta desse foco artístico, a escrita da Era da Depressão se viu renovadamente imbuída das preocupações do realismo e do naturalismo literário, e tais preocupações ficam evidentes ao longo de *A vida assombrada*. Além disso, o idealismo político que impulsionava as transformações estéticas da era se manifesta na figura de Garabed, cuja filosofia se modela claramente na exuberância esquerdista e humanista de Sebastian Sampas. Em certo sentido, os arroubos políticos da juventude de Kerouac morreram com Sampas em Anzio. Mesmo assim, em obras como *A vida assombrada* e *Cidade pequena, cidade grande*, encontramos Sampas preservado no âmbar de seus ideais desbragados. A guerra na qual Sebastian perdeu a vida efetivamente deu fim à Depressão, e a deflagração da Guerra Fria posicionou os Estados Unidos contra a União Soviética numa disputa geopolítica por corações e mentes do mundo (apesar da recente aliança das duas nações contra o fascismo em tempo de guerra). Esses desdobramentos do pós-guerra macularam os princípios socialistas para muitos pensadores americanos – assim como se deu com as críticas ao totalitarismo soviético contidas em obras como *O zero e o infinito* (1940), de Arthur Koestler, e *1984* (1948), de George Orwell, que serviram ambas como precursoras ficcionais do influente *As origens do totalitarismo* (1951), de Hannah Arendt. O espectro ameaçador da União Soviética e as incertezas aterrorizantes da corrida armamentista nuclear fizeram com que as preocupações de classe de obras literárias anteriores à guerra como *As vinhas da ira*, de John Steinbeck, e a trilogia *U.S.A.*, de John Dos Passos, parecessem subitamente antiquadas, e a reputação de escritores proletários como Halper evaporou sob as pressões do novo clima político. Afora isso, como Morris Dickstein salientou, o agitador político que figurava com tanta proeminência na literatura proletária da década de 1930 foi substituído, nos anos 1950, pelos "inconformistas irritadiços" como o Sal Paradise de Kerouac e o Holden Caulfield de J.D. Salinger, cujas ações se voltam mais para o escapismo do que à transformação social revolucionária; Paradise e Caulfield buscam novas formas de liberdade e vitalidade às margens da cultura dominante da Guerra Fria de maneiras que, em última análise, têm bem pouco a ver com doutrinas políticas em qualquer um dos lados do espectro. Como Dickstein segue explicando, a rebelião do pós-guerra encontrou sua nêmesis numa mentalidade americana subitamente "mais devotada a valores organizacionais e à conformidade social, mais homogênea em seus ideais declarados", um fenômeno amplamente explorado em diversas obras sociológicas relevantes do período, incluindo *The Lonely Crowd* [A multidão solitária] (1950) e o livro de C. Wright Mills *White Collar* [Colarinho branco] (1951). É bem possível que, se Sampas tivesse sobrevivido à guerra, ele teria visto seus próprios pontos de vista dramaticamente reformulados por essas tendências intelectuais da Guerra Fria – como aconteceu com Kerouac e muitos outros. Não sendo assim, entretanto, Sampas habita a obra de Kerouac como um emblema do idealismo esquerdista e das aspirações utopistas que impregnaram tantas vidas jovens nos anos que precederam a Segunda Guerra Mundial.

Como vimos, na década que levou a essa guerra, a cultura política e artística americana passou a ser animada por uma pronunciada retórica do povo. Parte dessa retórica era marcadamente esquerdista e utopista – como no caso da carta de Kerouac para Sampas –, ao passo que outra parte pendia à divisão e à xenofobia, como no caso do padre Charles Coughlin, que ganha uma referência explícita em *A vida assombrada*. Essa referência aparece em meio a uma conversa com Garabed a respeito da intolerante visão de mundo de Joe Martin, na qual Peter chama seu pai de "coughlinita". Como Alan Brinkley observou, pelo fim dos anos 1930 Coughlin se tornara "um dos mais notórios extremistas da nação: um antissemita sem rodeios, um anticomunista fanático, um isolacionista estridente e, cada vez mais, um cauteloso admirador de Benito Mussolini e Adolf Hitler". O New Deal, contudo, era o alvo principal de sua língua cáustica, e ele encarava as reformas do período como uma expansão agressiva da burocracia industrializada, presidida por Franklin D. Roosevelt, que Coughlin frequentemente repudiava como "tirano". Esse intenso desprezo por Roosevelt fica evidente na visão de mundo de Joe

Martin – como fica evidente nas cartas de Leo Kerouac, coletadas na terceira seção deste volume. (Nas cartas, Leo se refere ao presidente zombeteiramente como "Roosie" e à primeira-dama como "Eleanoah".)

Coughlin ingressara no sacerdócio por meio da ordem basiliana, conhecida por sua devoção às formas católicas de ativismo social. Essas formas haviam se afirmado pela primeira vez nas convulsões industriais da Europa do século XIX e provariam ser capazes, na oratória inicial de Coughlin, de seduzir vastos segmentos da classe trabalhadora da Era da Depressão, cujas fileiras haviam sido aumentadas em grande escala pelo crescimento da imigração católica europeia no começo do século XX. De um modo geral, Roosevelt detinha uma simpatia considerável entre essa população da classe trabalhadora; com efeito, Coughlin ingressara originalmente na vida pública como um partidário de Roosevelt, atraído pela crítica do presidente aos banqueiros e às deficiências morais do capitalismo moderno. O rompimento de Coughlin com Roosevelt, ocorrido em meados da década de 1930, foi provocado por aquilo que ele via como sendo aspectos tirânicos e comunistas do Segundo New Deal – altura na qual ele começou a se referir ao presidente, de modo regular, como um "ditador". Em 1938, a retórica de Coughlin já enveredara para os mais sórdidos arredores do populismo e da xenofobia, transformando-se, por fim, no antissemitismo escancarado expresso em *A vida assombrada* por Joe Martin.

Para Joe, como para tanta gente de seu tempo, o rádio representa o principal meio de contato com o resto do mundo; não por coincidência, era também o veículo preferido de Coughlin. Ele começou a pregar sermões radiofônicos em 1926, e, no auge de sua popularidade, seus ouvintes ultrapassavam a marca dos trinta milhões. Em certo sentido, Coughlin serviu como precursor de uma cultura evangélica do pós-guerra que encontrou vias para disseminar sua versão politizada de cristianismo conservador pelos mais recentes e mais populares meios de comunicação (e continua a fazê-lo hoje). Em seu próprio tempo – como Brinkley documentou –, a retórica de Coughlin se mostrou atraente ao extremo para os setores da população tomados de receio por aquilo que provou ser uma significativa renovação dos padrões de vida e das estruturas institucionais da nação. Como Brinkley explica, "os Estados Unidos, na década de 1930, passavam pelos últimos estágios de uma grande mudança que já durava várias décadas: a transformação de uma sociedade amplamente rural, provinciana e fragmentada numa sociedade altamente urbana e industrial, conectada por uma rede de enormes instituições". Essa transformação – como Charles e Mary Beard haviam previsto em *The Rise of American Civilization* (1927) – foi facilitada, sobretudo, pelo rádio e pelo automóvel, que unificaram a cultura americana num nível sem precedentes. Ilhas retardatárias de provincianismo já não podiam adiar seu contato com as condições da vida moderna, e as tensões derivadas desse contato são um tema central tanto de *A vida assombrada* como de *Cidade pequena, cidade grande*.

Em *A vida assombrada*, Kerouac emoldura essas tensões históricas no drama familiar dos Martin. A narrativa se inicia com Joe Martin proferindo uma diatribe abertamente racista e xenófoba, tão desagradável como a invectiva de Pap em *As aventuras de Huckleberry Finn*, de Mark Twain. Enquanto Joe sopra baforadas de charuto como um dragão e lamenta o colapso de seu amado país provocado por estrangeiros e pessoas de cor, Peter vai até o rádio e aumenta o volume de uma gravação não identificada de Benny Goodman. As ações de Peter transformam o rádio instantaneamente numa fonte de profundo conflito cultural, visto que a música de Goodman representa um sinal do mundo moderno que o provincianismo de Joe não pode mais ignorar. Além de ser saudado como o "Rei do Swing", Goodman despontou como um herói da esquerda americana nos anos 1930 por conta de suas contribuições às causas raciais. Depois de contratar o pianista Teddy Wilson como integrante de seu trio em 1935, Goodman criou as primeiras gravações musicais racialmente integradas da história americana. Afora isso, o próprio Wilson era conhecido como incansável partidário das causas esquerdistas tão estimadas por Garabed (e por Sampas), e se apresentara como atração de destaque em shows beneficentes para a revista *New Masses*. Completava o trio de Goodman o baterista Gene Krupa, filho, por sua vez, de um imigrante polonês. O trio de Goodman, em outras palavras, proporciona uma vívida analogia sonora com as transformações culturais espicaçadas por Joe – um fato habilmente reforçado por Kerouac conforme o Martin mais velho continua praguejando contra judeus e negros americanos por sobre o som da música de Goodman.

Nesse breve episódio inicial, o romance efetivamente prenuncia suas preocupações com a história social, política e cultural, demonstrando que Kerouac já desenvolvia um sólido entendimento dos elementos da ficção. De fato, o livro nos conduz de imediato às divisões políticas da época, já que o otimismo de tendência esquerdista de Garabed logo proporciona um contrapeso para as vituperações direitistas de Joe. Ao longo das páginas seguintes, contudo, o pensamento insular de Joe Martin também é contrabalançado na mente de Peter pela promessa de fuga, representada pela ânsia de correr o mundo de Dick Sheffield. É Dick, afinal de contas, quem interrompe o devaneio inicial de Peter (no Capítulo Quatro) a respeito da decência intrínseca dos subúrbios americanos. Ao contrário do sonhador Peter – que é arrebatado, às vezes, pelos elementos pastorais de sua cidade natal –, Dick fica o tempo todo nutrindo um novo plano de fuga daquilo que ele encara como uma existência bucólica e indesejável na provinciana Galloway. Nas palavras do narrador, Dick "*nunca se permitia ficar confortável demais, estava sempre pronto para voltar ao uso de suas energias*". Por meio da figura de Dick, então, Kerouac evoca o inquieto espírito americano que por longo tempo já estava encarnado na iconografia nacional do Oeste – uma iconografia que persistentemente uniu a promessa de fugir da civilização estagnada (representada nesse texto pela retórica reacionária de Joe Martin) a fantasias de liberação e autoconfiança. Além disso, Dick tem grande fé na superioridade da experiência em primeira mão, uma crença que o próprio Kerouac (que nunca deixou de ser uma espécie de transcendentalista urbano) compartilhava com os românticos da Nova Inglaterra que o precederam. No fundo, o romantismo de Dick parece fazer bastante sentido na obra precoce de um autor cujo romance mais renomado – *On the Road* – celebraria desbragadamente a expansão das capacidades experimentais americanas tais como possibilitadas pela cultura automobilística, proporcionando, ao mesmo tempo, o perfeito acompanhamento literário para a sanção da Lei de Ajuda Federal às Estradas, de 1956.

As atitudes e preocupações conflitantes dos personagens de *A vida assombrada* permeiam boa parte da obra de Kerouac, refletindo a influência precoce de amigos como Sampas e Chandler. Enquanto protótipos, essas figuras fornecem ao protagonista kerouaquiano duas alternativas possíveis ao fascínio da vida doméstica e do círculo familiar na América de meados do século, uma cerebral e outra romântica. Além disso, embora seja inegável que Neal Cassady e Allen Ginsberg tenham servido como as respectivas inspirações para o neorromântico Dean Moriarty e o idealista poético Carlo Marx de *On the Road*, poderíamos localizar os vestígios embrionários desses tipos de personagens nos espectros ficcionais de Dick e Garabed. Ou seja: ao passo que muito já se disse sobre a influência da boemia nova-iorquina na evolução estética de Kerouac – e com razão –, obras precoces como *A vida assombrada* nos instigam a considerar até que ponto muitos dos tropos e interesses primários do autor se originaram em sua formação juvenil em Lowell. A recente publicação de *O mar é meu irmão*, escrito em 1942 e não publicado durante a vida de Kerouac, proporciona justificação adicional para tais considerações, visto que os dois protagonistas masculinos do livro, em certo ponto, pegam a estrada de Nova York para Boston (o trecho geográfico americano mais familiar para o Kerouac de vinte anos de idade), pressagiando as épicas viagens rodoviárias de sua obra mais famosa.

Sampas e Chandler ficaram espectralmente preservados no prolongado ato de memoração que é *A lenda de Duluoz*, o título dado pelo autor para sua produção completa de obras semiautobiográficas. Evidentemente, contudo, o ato de recordar nunca o libertou totalmente do luto ou de suas assombrações pessoais. Portanto, a ficção de Kerouac luta com o fato de que os nossos fantasmas retornam com frequência, a despeito de seus enterros cerimoniais; nós os carregamos, gravados em nossa memória, ao longo da trajetória de nosso próprio encontro breve com o tempo, até que não mais possamos falar ou escrever seus nomes. No início de 1944, Kerouac escreveu outra novela, *Galloway*, identificada por ele como uma versão revisada de uma obra de 1942 intitulada *A vaidade de Duluoz* (não confundir com *Vaidade de Duluoz*, de 1967). Em *Galloway*, Kerouac colocou a si mesmo no papel de Michael Daoulas e Sampas no papel de Christopher Santos, fazendo certos experimentos rudimentares em fluxo de consciência e na construção de múltiplas e simultâneas linhas narrativas (um elemento de elaboração ficcional que ele praticamente abandonaria depois de *Cidade pequena, cidade grande*). Como Joyce Johnson explica, Kerouac logo transportou as preocupações de *Galloway* para as páginas de *A vida assombrada* – embora se deva ressaltar que essas duas obras precoces são romances drasticamente diferentes em termos de voz e estilo, já que *Galloway* tenta imitar a experimentação ultramodernista de escritores como William Faulkner, James Joyce e Marcel Proust – autor adorado por Kerouac –, ao passo que *A vida assombrada* recai mais claramente na influência da "trindade" de Kerouac. Os momentos mais impressionantes do esboço de *Galloway* talvez ocorram em sua última página, na qual encontramos um conjunto de reflexões espontâneas que são alheias à narrativa em si. Uma inscrição feita à mão na margem superior direita da página final sugere que *Galloway* foi completado "ouvindo o 'Messias' de Handel, Páscoa de 1944". No fim da mesma página – separada das últimas linhas da narrativa por uma fileira de asteriscos –, há uma espécie de oração, sugerindo que Kerouac finalizou a obra enquanto pranteava a notícia da morte de Sebastian Sampas (que ocorrera no dia 2 de março). No trecho, lemos o seguinte:

> Eu gostaria de ser devoto, mas não de joelhos na igreja do Senhor. Ah, onde poderei ser devoto, para qual grandioso poder, e com que fim? Aqui no pinhal, onde o arco é gótico e a luz radia rumo à terra, onde os troncos são bem firmados e o vento sussurrante é um som de órgão, devoto com que fim e por quê? Ah, Sentinela esplêndido... meu irmão... suprema alma da terra, você está comigo agora? Fosse eu rezar, você escutaria? Fosse eu cantar, você escutaria? Fosse eu, sim, chorar, você escutaria? Sua forma, sua sombra eu procuro, e quase encontro, e depois perco, e sinto de novo.

Pouco depois de escrever tais linhas, Kerouac começou a trabalhar em *A vida assombrada*. Uma das epígrafes escolhidas para essa obra foi um excerto da elegia pastoral "Lycidas", deixando extremamente claro que *A vida assombrada* deveria servir como réquiem literário para Sampas e Chandler – e talvez para inúmeros outros.

Chandler havia perdido a vida mais cedo na guerra, na Península de Bataan. Além disso, em fevereiro de 1943, o *Dorchester* – no qual Kerouac embarcara previamente como marinheiro mercante – foi afundado por um submarino alemão, um incidente no qual muitos dos ex-colegas de bordo de Kerouac perderam suas vidas. Tais perdas tornaram Kerouac particularmente sensível aos relacionamentos masculinos em sua vida, pois elas constituíam uma insegurança profundamente arraigada cuja origem podia ser atribuída à morte de seu irmão, Gerard, quando Jack tinha apenas quatro anos de idade. Em diversos momentos de *Cidade pequena, cidade grande*, Kerouac escreve de forma pungente sobre a solidão masculina, observando que "os homens são sempre solitários", e que "cada um deles ardia e explodia com uma solidão peculiar, uma específica e desolada ânsia raivosa". Em tais momentos ele parece, em parte, estar dando vazão a sentimentos forjados nos tênues laços masculinos dos anos de guerra. Com efeito, as perdas de Kerouac durante esses anos ajudam bastante a explicar sua particular fascinação pela amizade masculina ou pelos laços masculinos em praticamente todos os seus livros.

O impulso de registrar – de submeter a memória à página impressa – é outra das características insufladoras desses livros. Ao longo de *A lenda de Duluoz*, Kerouac não mede esforços para detalhar os acontecimentos transformadores de sua própria vida enquanto narra, simultaneamente, as vidas de muita gente que encontrou pelo caminho. Em seu âmago, essa compulsão parece ser motivada pela aguda consciência do autor quanto à transitoriedade da vida, uma lição dos anos de guerra que Kerouac carregou consigo pelo restante de seus dias. Ao passo que Kerouac descobriu muito da inspiração para seu estilo de prosa na natureza improvisadora do jazz, essa ânsia por memorar guarda notável semelhança com as motivações artísticas do compositor russo Dmitri Shostakovich. Refletindo sobre suas próprias experiências na Segunda Guerra Mundial, Shostakovich faz uma confissão assombrosa:

> Minhas sinfonias são, na maioria, lápides. Muitos dos nossos morreram e foram enterrados em lugares que ninguém sabe onde ficam, nem mesmo seus parentes. Isso aconteceu com muitos dos meus amigos. Onde colocar as lápides de Meyerhoff ou Tukhachevsky? Somente a música pode fazer isso por eles. Tenho

vontade de escrever uma composição para cada uma das vítimas, mas isso é impossível, e é por isso que dedico minha música a todas elas. Eu penso constantemente nessas pessoas, e, em quase todas as grandes obras, tento fazer com que as outras pessoas se lembrem delas.

Especialmente marcante na declaração de Shostakovich é sua confissão inclusa de que a comemoração dos desaparecidos é, em última análise, "impossível". Tampouco seus empenhos sinfônicos livraram o compositor do fardo da memória, pois ele reconhece pensar "constantemente" naqueles que pereceram. Tais revelações corroem de forma poderosa a solidez do nosso entendimento convencional sobre memoração e construção de monumentos. Isto é, vem de longo tempo nossa suposição de que o propósito da construção de monumentos e memoriais é relegar respeitosamente ao passado as perdas individuais ou culturais – uma ideia cujas origens na consciência ocidental podem ser atribuídas à Oração Fúnebre de Péricles na *História da Guerra do Peloponeso*, de Tucídides. Consequentemente, atos de memoração devem servir como mecanismos de dissociação mesmo trazendo a comemoração ao primeiro plano – são marcos do passado que permitem aos vivos seguir em frente.

Não obstante, grande parte da obra de Kerouac continua a girar em torno de seu originário sentimento de perda, como se o ato de recordar ou comemorar jamais pudesse libertá-lo plenamente das coisas que eram recordadas. Como Shostakovich, Kerouac permanece assombrado e parece incapaz de resistir ao impulso de "fazer com que as outras pessoas se lembrem". Esse impulso é bastante evidente em obras como *Vaidade de Duluoz*, de 1967, na qual ele volta a circular por muitos dos acontecimentos que serviram originalmente de base para *Cidade pequena, cidade grande*. Essa qualidade da obra completa de Kerouac faz dela uma improvável contraparte em prosa da obra sinfônica de Shostakovich – um épico ciclo literário de memoração –, e as afinidades entre esses dois artistas não param por aí. Como muitos intelectuais e artistas que viveram durante a Segunda Guerra Mundial, Shostakovich saiu da experiência como um homem politicamente ambivalente e profundamente desconfiado quanto à vida coletiva – como aconteceu com Kerouac, apesar de sua inclinação por entrar nos debates sociais e políticos de seu tempo em obras precoces como *A vida assombrada*. Em composições como a Décima Primeira Sinfonia, Shostakovich deu expressão musical a essa ambivalência – intensificada como foi pela necessidade do compositor de sobreviver como artista em meio à sufocante atmosfera de censura da sociedade soviética no pós-guerra (algo que expôs sua obra a tremendas pressões e contribuiu para uma longa história de mal-entendidos críticos). Embora a Décima Primeira Sinfonia comemore a Revolução Soviética de 1905 de modo bombástico, ela também expressa (sutilmente) as dúvidas de seu compositor sobre a eventual direção do movimento comunista; de fato, musicólogos posteriores relacionaram as passagens pessimistas da sinfonia aos receios de Shostakovich quanto à resposta militar da União Soviética ao levante húngaro de 1956. Apesar das bem documentadas exigências das autoridades soviéticas, Shostakovich fez todos os esforços para resistir a ideologias nítidas e a plataformas partidárias em sua música, pois esperava, em vez disso, memorar todos aqueles cujas vidas e cuja liberdade haviam sido ceifadas pela burocracia e pelo moderno estado de guerra – algo que alcançou de forma bastante comovente em suas sinfonias Sétima e Oitava. Por grande parte do período da Guerra Fria, Kerouac também se recusou a endossar ideologias políticas pré-fabricadas, muitas vezes para grande consternação de comentadores culturais e de seus colegas literários. Ele tendia a encarar tais ideologias como formas de obediência deferente, capazes de gerar fanatismo e destruição em massa. Como resultado, Kerouac nunca votou numa eleição americana, tampouco jamais declarou alguma afiliação política ou apoiou qualquer espécie de política convencionalmente identificável. As raízes dessa ambivalência talvez possam ser encontradas em suas atitudes de longa data no tocante à guerra e à morte, tais como capturadas nas páginas que se seguem.

Todd F. Tietchen
Universidade de Massachusetts – Lowell

Sugestões para leitura adicional

Brinkley, Alan. *Voices of Protest: Huey Long, Father Coughlin, and the Great Depression.* Nova York: Vintage, 1983.

Denning, Michael. *The Cultural Front: The Laboring of American Culture in the Twentieth Century.* Londres: Verso, 2011.

Dickstein, Morris. *Leopards in the Temple: The Transformation of American Fiction, 1945-1970.* Cambridge: Harvard University Press, 2002.

Johnson, Joyce. *The Voice Is All: The Lonely Victory of Jack Kerouac.* Nova York: Viking, 2012.

Kerouac, Jack. *On the Road: O manuscrito original.* Trad. Eduardo Bueno e Lucia Brito. Porto Alegre: L&PM, 2008.

_____. *Selected Letters, Volume 1: 1940-1956.* Editado por Ann Charters. Nova York: Penguin, 1996.

_____. *O mar é meu irmão.* Editado por Dawn Ward. Trad. Rodrigo Breunig. Porto Alegre: L&PM, 2014.

_____. *Cidade grande, cidade pequena.* Trad. Edmundo Barreiros. Porto Alegre: L&PM, 2008.

_____. *Vanity of Duluoz.* Nova York: Coward-McCann, 1968.

McNally, Dennis. *Desolate Angel: Jack Kerouac, the Beat Generation, and America.* Cambridge: Da Capo, 2003.

Shostakovich, Dmitri. *Testimony: The Memoirs of Dmitri Shostakovich.* Relatado para e editado por Solomon Volkov. Nova York: Limelight Editions, 2006.

Notas sobre o texto

As seleções seguintes representam um acréscimo significativo ao corpus público da obra de Kerouac. Visto que Kerouac permanece amplamente conhecido por suas brincadeiras com a linguagem – bem como por seu apreço pelos neologismos –, fiz todos os esforços para transcrever os textos tais como foram originalmente escritos. Cheguei a fazer alguns pequenos ajustes gramaticais, principalmente para manter uma consistência de ortografia e tempo verbal. Além disso, retirei certo número de sinais de ponto e vírgula dos diálogos em *A vida assombrada* e os substituí por vírgulas e pontos finais quando julguei adequado. Encarei esses sinais de ponto e vírgula como um capricho estilístico precoce que, levando-se em conta seu próprio ouvido apurado para o inglês falado, Kerouac teria eliminado posteriormente.

    Por vezes, partes do material não se mostravam completamente legíveis. Nos momentos em que me senti confiante o bastante nas minhas deduções, inseri o texto em colchetes [assim]. As partes do texto que eu simplesmente não consegui decifrar foram assinaladas assim: [?]. Visto que esta não é uma edição crítica, resisti às notas de rodapé, exceto em poucos casos nas cartas de Leo Kerouac, quando elas pareceram inevitáveis.

T.F.T.

PARTE I
A VIDA ASSOMBRADA

"But, O the heavy change, now thou art gone,
Now thou art gone, and never must return!"*

MILTON, "Lycidas"

"And in myself too many things have perished which, I imagined, would last forever, and new structures have arisen, giving birth to new sorrows and new joys which in those days I could not have foreseen, just as now the old are difficult of comprehension."**

PROUST, *À la recherche du temps perdu*

"N'ous-je pas une fois une jeunesse amiable, héroïque, fabuleuse, à écrire sur des feuilles d'or, trop de chance! par quel crime, par quelle erreur, aije mérité ma faiblesse actuelle?"***

RIMBAUD, *Une saison en enfer*

---

* "Mas, Ó grave mudança, agora tu te foste, / Agora tu te foste, para nunca retornar!" (N.T.)

** "E em mim mesmo pereceram coisas demais que, imaginava eu, durariam para sempre, e novas estruturas surgiram, dando origem a novas tristezas e novas alegrias que naquele tempo eu não poderia ter previsto, assim como agora as velhas são difíceis de compreender." (N.T.)

*** "Não é verdade que uma vez vivi uma juventude amável, heroica, fabulosa, digna de gravar-se em páginas de ouro? Incomparável ventura! Por que crime, por que erro vim a ser castigado com a fraqueza de hoje?" Tradução de Paulo Hecker Filho. Uma temporada no inferno. Porto Alegre: L&PM, 2002. (N.T.)

Parte Um
Casa

I

"A América não é mais o país que era; não é mais nem mesmo a América." O sr. Martin tragou seu charuto assentindo com a cabeça, raivoso e definitivo. "Virou um maldito antro infestado para tudo que é raça imprestável de lá do outro lado. A América não é mais a América. Um homem branco não consegue caminhar pela rua, ou entrar num restaurante, ou tocar seu negócio, ou fazer qualquer coisa nesse sentido sem ter de se misturar com esses malditos chicanos de lá do outro lado."

No sofá na outra extremidade da sala sem luz, Peter Martin arreganhou os dentes por cima de seu cigarro.

"*Crapule!*", exclamou o sr. Martin, tossindo fumaça.

A luz que vinha da cozinha, onde Tia Marie lavava os pratos, invadiu a sombria sala da frente na qual o sr. Martin ainda tossia quando sua irmã gritou da bacia de louça: "Você está começando de novo?".

"Pode crer que sim!", ele falou num engasgo.

Peter esticou o braço até o dial do rádio para aumentar o volume de um disco de Benny Goodman que mal havia começado a tocar. Conteve o impulso de anunciar o título da gravação à sala em geral; numa espelunca com juke-box, ele o teria gritado num anúncio triunfante, proclamando seu conhecimento de jazz.

"Os *wops*!"*, continuou o sr. Martin, com voz grossa. "Os judeus! Os gregos! Pretos! Armênios, sírios, tudo que é raça imprestável do mundo. Todos vieram para cá, e ainda estão vindo, e vão continuar vindo, sendo despejados pelos navios. Pode escrever o que eu estou dizendo, você ainda vai ver o dia em que um verdadeiro americano não terá mais chance de trabalhar e viver com decência em seu próprio país, o dia em que a ruína e a bancarrota vão se abater sobre esta nação porque todos esses malditos estrangeiros terão tomado conta de tudo e terão deixado tudo de pernas para o ar."

O sr. Martin fez uma pausa para dar rápidas baforadas em seu charuto. Peter o escutava em parte. Tia Marie cantava uma ária de *Carmen* por sobre seus pratos numa voz baixinha e doce.

"Meu Deus, aquela viagem a Nova York abriu meus olhos para valer. Eu nunca tinha sonhado que as coisas já pudessem estar nesse nível... nunca! Aquela cidade está fervilhando de estrangeiros sujos, e de pretos! Eu nunca vi tantos pretos na minha vida. Uns dois dias eram tudo de que eu precisava para captar o estado das coisas. Rostos pretos, rostos chicanos, todos os tipos de rosto. Eu me pergunto: como é que um homem branco consegue viver naquela cidade nojenta? O que foi que aconteceu com este país? Quem é o causador de tudo isso?"

"Roosevelt?", Peter supôs com malícia.

"Você nem precisa dizer. Você deveria saber disso tão bem quanto eu."

Peter se inclinou à frente. "Ah, não sei não, pai..."

"Claro que você não sabe. Você não passa de um garoto. Você não viveu sessenta anos neste país. Você não viu a América e trabalhou na América quando ela era realmente a América..."

Peter apagou seu cigarro.

"Pois pegue aqui por volta", prosseguiu o pai no canto escuro, seu charuto incandescendo um arco laranja, "como era

---

* *Wop*: apelido depreciativo para um italiano ou descendente de italianos. (N.T.)

cinquenta anos atrás, bem aqui na pequena Galloway, Massachusetts. Nós éramos todos gente branca, trabalhando junto. O seu avô não passava de um carpinteiro, mas era um homem honesto, que trabalhava duro. Nada dessa sofreguidão, dessas artimanhas estrangeiras para ele. Ele se levantava de manhã, saía para trabalhar onze horas por dia, voltava para casa, comia o jantar, sentava na cozinha por algumas horas, pensando, e depois ia se deitar. Simples assim! Nenhuma astúcia nele, só um cara reto e honesto. Ah, meu Deus, ele era..."

"Como era Galloway naquele tempo?", Peter incitou.

"Bem, como eu estava dizendo, nós éramos todos gente branca... um punhado de irlandeses, franco-canadenses como nós, velhas famílias inglesas, e uns poucos alemães. Você precisaria ver para entender o que eu estou tentando lhe dizer. Nós éramos... bem, nós éramos *honestos*, a comunidade era honesta. Claro, havia uns poucos ladrões e trapaceiros e políticos vagabundos, como você pode encontrar em qualquer lugar do mundo. Mas o que eu quero dizer é que o grosso daquele pessoal era gente de bem. Puxa, rapaz, era uma coisa extraordinária, agora que eu realmente olho para trás. A vida era um negócio simples e tranquilo naquela época; as pessoas eram reais e sinceras e... amigáveis. Não estavam sempre prontas para passar a faca em você no momento em que lhes desse as costas, como esses judeus de Nova York; naquele tempo, não era uma questão de vender as mercadorias mais baratas pelo preço mais alto. Era uma questão, por Deus, de vender a melhor coisa possível. Veja, você gosta desses termos econômicos insuportáveis que o pessoal gosta de tagarelar no Boston College, pois bem, ouça... a competição, naquele tempo, era baseada em quem conseguia botar as melhores mercadorias à venda... o padeiro que fizesse a melhor torta de chocolate... e *não* em quem tinha condições de vender por menos do que os outros sem levar a qualidade em conta..."

"Por que culpar os judeus de Nova York por essa mudança?", Peter falou de testa franzida, determinado a criar uma lógica.

"Você tem razão, acho. Não é só o judeu de Nova York. São judeus pelo país todo, o *wop* e todos os outros que trazem consigo, de lá do outro lado, ideias que não são americanas, e também todos os costumes imundos deles..."

Tia Marie havia terminado seus pratos. Ela entrou na sala da frente, uma dama escultural com cabelos brancos trançados junto à cabeça, usando um vestido caseiro de algodão azul e branco e um desgastado par de chinelos caseiros. Ela se sentou na cadeira junto à janela, onde a última incandescência do crepúsculo pairava por trás da tela. Os grilos juninos iniciavam seu coral inumerável.

"Esses estrangeiros não entendem a América verdadeira... é por isso que eles são tão perigosos. Eles trazem consigo os velhos costumes da Europa, os modos regateadores e ordinários, as transações fraudulentas, a maldita cortina de fumaça..."

"O que você quer dizer com cortina de fumaça?", Peter o interrompeu.

"Eu quero dizer justamente isso! Eles dizem uma coisa e querem dizer outra. Eles mentem na nossa cara. O sujeito chega a um ponto em que não consegue descobrir qual é a intenção deles. Quando querem algo, eles não agem logo às claras! Eles espalham uma maldita cortina de fumaça. Eles não têm a fibra, nem a honestidade, de agir direto às claras..."

Tia Marie acendeu um Fatima e ficou olhando placidamente pela janela. Um comentarista estava falando, no rádio, sobre a retirada dos russos na direção de Moscou.

"Esses estrangeiros sabem qual é o lado mais vantajoso. Roosevelt! Quanto mais estrangeiros, tanto mais votos para ele; ele dá uma força para eles e eles acham maravilhoso. Quanto ao resto do povo americano, que vão todos para o inferno! Roosevelt sabe que os verdadeiros americanos não aceitam pagar o pato para financiar e auxiliar seus sonhos ditatoriais, então ele se volta para esses estrangeiros, e eles se deixam seduzir na maior alegria porque é só isso que eles tinham lá na 'velha terra' – balões inflados como Roosevelt! Eu vou lhe dizer uma coisa, o país está indo pelo ralo, e nós vamos ser arrastados à guerra por Roosevelt e pelos judeus e pelo império britânico! Escreva o que estou dizendo! E um dia, quando as pessoas tiverem um pouco mais de sensatez na cabeça, elas vão se dar conta das maquinações de Roosevelt."

O sr. Martin se pôs de pé, um homem alto e magro de sessenta anos, com cabelos brancos e óculos, e atravessou a sala escura.

"E ele vai entrar na história como o maior inimigo da humanidade que a América jamais teve!"

O sr. Martin estava na cozinha.

"Escreva o que estou dizendo!", gritou para trás e bateu a porta.

Tia Marie suspirou profundamente.

"Ele está ficando pior a cada ano que passa", ela disse, pesando suas palavras com augúrio. "Cada vez pior, a cada ano que passa."

Peter se levantou e foi até o banquinho do piano, arreganhando os dentes.

"A sua pobre mãe, Petey, morria de medo dele. Cedo, quando ainda era menino, ele já rugia pela casa como um leão. Nem o pai conseguia acalmá-lo ou domá-lo; ele estava sempre enfurecido com alguma coisa, sempre andando para lá e para cá com uma pedra no sapato, sempre se metendo em problemas. Eu garanto, ele está ficando cada vez pior, a cada ano que passa..."

Peter apertou algumas teclas no antigo piano de fundo quadrado. Ele disse: "Meu velho sempre foi um homem cheio de opiniões, e ele fala o que pensa em alto e bom som, só isso".

"Bem", disse Tia Marie, "você pode dizer o que quiser, mas eu conheço Joe Martin, ele é o meu irmão, eu o conheço desde que ele tinha isso aqui de altura, e garanto que ele nunca bateu muito bem, e está ficando pior a cada ano que passa..."

Peter soltou uma risadinha e girou o corpo no banquinho do piano até ficar de frente para o teclado. Começou a tocar acordes, pressionando as teclas ao acaso, uma performance dissonante de gato-no-teclado. Tia Marie ligou o abajur da cadeira e deu uma olhada na pilha de jornais e revistas num porta-revistas embaixo de um dos braços da poltrona do sr. Martin. O locutor anunciou que eram oito e meia.

Peter foi até o rádio e sintonizou as pontuações do beisebol. O sr. Martin retornou mastigando uma maçã vermelha da estação anterior.

"Vou escutar *Fibber McGee and Molly* às nove", ele falou para o filho, arreganhando os dentes. "Até lá, o rádio é seu..."

"Uau! Teddy Williams conseguiu mais três rebatidas hoje", Peter exclamou.

Procurando em volta por seus óculos de leitura, o sr. Martin disse: "Ele é um dos bons, esse Williams".

Peter voltou para o sofá e acendeu outro cigarro. Tia Marie levantou os olhos de seu *Saturday Evening Post*.

"Petey, não fume tanto. Você fuma quase tanto quanto Wesley fumava..."

"Ele fumava muito?"

"Deus do céu, sim. O médico pediu que ele parasse de fumar diversas vezes, mas ele nunca parou. Pelo que nos consta, ele pode estar tísico a esta altura..."

O sr. Martin levantou o rosto, franzindo a testa. Seus olhos estavam escuros. "Fumar? Aquele garoto tolo *bebe* como dez homens."

"Isso é o que eles aprendem no mar. Não há vida mais dura do que a do marinheiro..."

Martin continuou ignorando sua irmã: "Ele era um rebelde colegial quando começou a beber. Certa tarde, eu me lembro, parei no McTigue's, na Woolcott Street, e lá estava o meu próprio filho de dezesseis anos de idade sentado no bar, bêbado, com uma dúzia de copinhos vazios em torno dele... fumando um cigarro. Não ficou perturbado pelo acaso de ter sido apanhado por mim...". A voz do sr. Martin se suavizava na recordação. "Por Deus, Marie, ele era um bichinho estranho... um rapaz estranho..."

Peter escutava com suave espanto. Quando quer que conversassem sobre Wesley, ele se sentia desse jeito, triste e tomado de mistério. Ele tinha um irmão, sem dúvida, Wesley Martin; mas Wesley Martin era uma lenda obscura e assombrosa. Wesley não voltava para casa fazia nove ou dez anos. Era um marinheiro. Ocasionalmente, uma carta dava jeito de chegar a Galloway, sempre escrita numa letra estranha, mas simples; sempre redigida com simplicidade, mas de modo estranho. Peter sacudiu a cabeça devagar, intrigado.

"Quantos anos ele tem por agora?", perguntou o sr. Martin, voltando um rosto subitamente abatido e desamparado na direção de Tia Marie.

Ela poderia responder no mesmo instante, mas executou um pequeno ritual de recordação, fazendo a conta nos dedos e murmurando. "Ele vai fazer vinte e sete em dezembro. Saiu de casa na primavera de 1932, vão se completar dez anos na próxima primavera..."

"E você não passava de um rapazinho, Petey", disse o sr. Martin, fitando inexpressivamente seu filho.

"Eu tinha dez anos de idade. Me diga, pai, por que o Wesley saiu de casa? Quer dizer, houve algum motivo particular, ou foi só... aquele negócio em função de Helen Copley..."

"Aquilo foi motivo suficiente para o Wesley." O sr. Martin reacendeu seu charuto devagar. "Ele estava dirigindo, e por isso se sentiu responsável por tudo que aconteceu. O rosto da garota Copley foi esmagado. O jovem Wilson perdeu um par de dedos. O próprio Wesley não se machucou muito, algo que pesou ainda mais na consciência dele. Ele era um rapaz sensível..."

Tia Marie se inclinou à frente em sua cadeira. "Ora, Helen Copley está tão bonita quanto sempre agora. As cicatrizes se curaram num período de um ano."

"É, acho que sim..." O sr. Martin suspirou com força. "Acho que para o Wesley sair de casa era só uma questão de tempo, de qualquer maneira. O acidente, com o remorso que se seguiu, apenas tratou de mandá-lo embora alguns anos antes do planejado. Um garoto inquieto, ele era, como todos os Martin. Ora, meu irmão Frank..."

"Helen Copley está casada hoje em dia e tem filhos. Ela tem um marido adorável. Eu escrevi e contei para o Wesley uma dúzia de vezes, mas ele parece não dar atenção."

Tia Marie mordeu o lábio e continuou: "Ele não tinha nenhum motivo sério para sair de um bom lar e se mandar como se mandou – aos dezessete anos, pelo amor de Deus... uma criança...".

"O destino dele já estava escrito", disse o sr. Martin. "Ele era inquieto, como todos os Martin. E acho que até se saiu bem... aqueles marinheiros ganham um bom dinheiro e vivem ao ar livre. Por Deus", o sr. Martin arreganhou um sorriso malicioso, "por Deus, eu mesmo sempre quis viajar mundo afora num cargueiro."

"Mas é tão perigoso agora", objetou Tia Marie. "Você não lê os jornais? Os alemães estão afundando todos os navios, americanos ou o que for. Logo pode haver guerra e..."

"Wesley vai ganhar um pagamento maior", Peter se meteu, quase entusiasmado. "Eles pagam bônus enormes por causa do risco dos submarinos."

"Não quero saber o quanto eles ganham", Tia Marie insistiu na cara dos homens sorridentes, que agora se lançavam, ambos, em pensamentos marítimos. "A vida humana é mais importante do que o dinheiro. Espero que o Wesley volte para casa um dia, o pobre menino, quando tiver oportunidade; e eu quero que ele volte para casa inteiro. Só estou dizendo aquilo que a pobre mãe dele teria dito."

No silêncio que se seguiu, no meio de uma pausa no rádio, uma grande mariposa junina bateu reto na tela e caiu na vidraça num adejo tonto. O cão dos McCarthy latiu no fim da rua. O céu ocidental, de um frio azul-claro, era avivado por uma deslumbrante estrela prateada.

"Ele está conhecendo o mundo", prosseguiu o sr. Martin, estendendo um monólogo que desenvolvia consigo mesmo. "Isso é mais do que posso dizer por mim. Vender seguro nesta cidade não era tão ruim nos velhos tempos. Eu gostava. Mas agora", ele socou o braço da poltrona com um grande punho, "agora Galloway está conseguindo virar uma cloaca! Qualquer loja no centro que algum dia valeu um pingo de dinheiro está sendo tocada, hoje, por judeus! E, se não por judeus, por gregos e armênios! Os *wops* estão chegando aos montes de Lawrence e Haverhill! Eu vou lhe dizer uma coisa, fico contente que Wesley deu o fora desta cidade; às vezes eu me pergunto se ele não era o mais esperto do bando."

"Não comece com isso de novo", Tia Marie exclamou com certa brutalidade.

Martin a encarou como se ela fosse alguma criatura indescritível de Marte.

"Mulheres", ele gritou, "nunca entenderam e nunca entenderão uma mísera coisa! Bem embaixo do seu grande nariz, este país está sendo jogado aos cães e você quer que eu cale a boca! Bom Deus Todo-poderoso, os seus miolos não valem, creio eu, mais do que uma colher de chá de serragem!"

"Você não precisa gritar!"

"Por que não? Esta casa é minha, não é? Se os vizinhos não gostarem, podem ir todos pro inferno!"

Peter se dirigiu à cozinha para pegar um copo de água e riu baixinho, zombeteiro.

"Você não consegue vender uma apólice a esses estrangeiros", seu pai berrava, "sem ceder por escrito seu próprio sangue vital. Eles não sabem o que significa o mundo de um homem – lá de onde eles vêm, todos os desgraçados são tão desonestos e totalmente trapaceiros que todo mundo precisa dormir com um olho aberto. Não sabem nada sobre a América e sobre como as pessoas vivem aqui, e, mesmo assim, aí vêm eles! Aí vêm eles, despejados pelos navios! Por que diabos não ficaram em suas asquerosas cidades europeias? Por que diabos não voltam para lá? Quando é que vão aprender que o povo americano não os quer aqui? Será que vamos precisar embarcar todos de volta, com as tralhas todas, antes que percebam que não os queremos aqui?"

Rindo por entre os dentes diante daquele ataque, Tia Marie acendeu outro Fatima e se recostou com sua leitura. Peter estava parado no vão da porta.

Martin se lembrou de repente. "Que horas são?"

"Nove horas e três minutos."

"Fibber McGee!", exclamou o sr. Martin, saltando da poltrona. "Já perdi uma parte!"

A irmã adolescente de Peter, Diane, entrou pela porta da varanda carregando seus livros da escola. Ela disparou pelo aposento na direção da sala de estar, perguntando em voz alta: "Tia Marie, você fez limonada hoje?".

"Está na geladeira."

Diane, num impecável conjunto de blusa e saia, seus cabelos castanhos caindo reto sobre os ombros, revirou furiosamente a gaveta do guarda-louça da sala de estar. Peter a observava do vão da porta, palito de dente na boca.

"Você tá procurando o quê?"

"Não é da sua conta."

Aborrecido, Peter disse: "Hmm! Grande coisa, agora que você terminou o primeiro ano". Diane não retrucou.

Tia Marie gritou: "Diane, você tinha dito, eu acho, que o ensaio ia terminar a tempo para o jantar!".

"Não deu! A srta. Merriom queria que nós compensássemos o tempo perdido. Eu comi na casa da Jacqueline."

"Silêncio!", bradou o sr. Martin. "Quero ouvir este programa."

Diane saiu da sala de estar com um pedaço de fita azul. Ela disse: "Rose falou que vinha com Billie hoje".

"Eu sei", Tia Marie resmungou. "Ela deve chegar a qualquer minuto."

"Rose!", explodiu o sr. Martin.

"Sim, Rose, minha filha Rose. Já ouviu falar dela?", provocou Tia Marie.

"Ela vai trazer o garoto! Nunca vou conseguir ouvir o programa! Que droga! Ele chora como um bebê!"

"Ele é um bebê."

Peter, dentes arreganhados, saiu para o alpendre e se sentou na rede rangente. Era uma noite gelada, adensada pelo orvalho odoroso, fervilhando de estrelas e sons de grilos. O rádio retumbava por trás; do outro lado da rua, no aglomerado de árvores onde ele havia brincado quando menino, vaga-lumes piscavam erraticamente. Por sobre os campos resfriados, na direção do rio Merrimac, um apito de trem uivou.

Rose Largay, filha única de Tia Marie, apareceu às nove e quinze com seu filho de quatro anos de idade, Billie, e sua vizinha, Maggie Sidelinker, uma noiva recém-casada. O sr. Martin se refugiou no alpendre com o rádio portátil de Diane; e Peter escapou para seu quarto, ligou o abajur de leitura e afundou numa poltrona molenga de couro com *Patterns for Living*. Estava quente no quarto por causa do calor latente de uma ensolarada tarde junina. Um inseto junino se debatia contra a tela da janela saliente. Peter conseguia escutar o rádio portátil da varanda onde o pai se mantinha sentado, um exílio da sala da frente com seu alvoroço de fofocas e cheiros de pirulitos pegajosos e mulheres.

"Jovem escritor recordando Chicago", Peter leu devagar, admirando o trágico senso de juventude e solidão do jovem Halper. "Meus braços estão pesados, eu estou na pior; há uma locomotiva no meu peito e isso é fato."

Peter se recostou em sua poltrona, fechou os olhos e tentou visualizar o jovem Albert Halper numa casa de pensão barata em Manhattan, seu braços pesados, seu espírito impelido e exaurido por um ímpeto pesado e vital. Algum dia, ele, Peter, alugaria um quarto barato em Manhattan e se sentaria numa cadeira para encarar a manchada parede de gesso. Surgiriam os fundamentais desafios da realidade! Lá ele seria confrontado com os problemas do espírito (e do estômago), um jovem solitário, sem amigos na grande cidade, cuja ocupação principal seria desentocar qualquer beleza que restasse para ser vista e cheirada e tocada e sentida. Uma missão dessa espécie, estimulando os instintos românticos que ele sabia ter herdado de algo essencialmente americano em sua infância, continha um bilhão de férteis possibilidades. Ele precisava tentar isso um dia! Havia diversos empregos para conseguir em Nova York... chegando ao nível de lavar pratos. Vamos supor que ele fosse mesmo para Nova York um dia, arranjando um emprego como lavador de pratos num grande hotel, e acabasse tendo como colegas de cozinha (1) um comunista descontente, (2) um vagabundo desleixado de Nova Orleans e (3) um jovem artista tentando vender suas aquarelas. Que mundo de promessas Nova York devia conter!

Aqui em Galloway –

Peter se ajoelhou diante da janela saliente e contemplou a noite veranil. Na esquina, a luz do poste brilhava, iluminando a varanda da casa de Dick Sheffield. Mais além, por cima de um aglomerado de casas parcialmente enterradas em densa folhagem de carvalho e bordo – com suaves quadrados de luz dourada se derramando das janelas das salas em gramados verdes –, na nebulosa distância da noite veranil, as luzes do centro de Galloway ardiam, encimadas pela estrutura desengonçada, iluminada de vermelho, da antena da rádio WGLH.

Reto no outro lado da rua, um aglomerado de árvores, e além, o campo no qual os meninos jogavam bola, estendendo-se na direção dos trilhos ferroviários e do rio. Silenciosos campos noturnos, com talvez um casal ou dois perambulando em busca de um espinheiro fechado.

No rumo da outra esquina, onde o poste iluminava um emaranhado de densas e farfalhantes folhagens e lançava uma débil incandescência sobre a esparramada casa dos McCarthy, do outro lado da rua. Luz da varanda dos McCarthy.

Assim era Galloway. O que um homem poderia fazer numa cidadezinha como aquela? Que oportunidades culturais floresciam, que aprendizado e que arte prosperavam?

O cheiro?

Cheiro de campo, cheiro de flor e o cheiro do alcatrão preto se resfriando à noite. O ar enevoado e desfalecente com seu peso de odores, a úmida rajada de vento do rio, as flores de cerejeira apodrecendo no quintal e o forte cheiro verde das folhas das árvores tremulando contra a tela da janela saliente.

Os sons?

Peter prendeu a respiração para escutar... as vozes dos McCarthy bebendo limonada na varanda. O rádio na casa ao lado, Mary Quigley e sua amiga da Riverside St. dançando uma tranquila balada de Bob Eberly na sala de estar repleta de novos e velhos discos. O cão dos McCarthy latindo para os garotos que passavam às escondidas no escuro, brincando de gângsteres ou caubóis ou quem sabe de guerra.

O trem outra vez... correndo para o norte, rumo a Montreal... uivos prolongados e roucos, um pesaroso som noturno...

Silêncio agora por um momento... e a quietude do rio, e o tremular das folhas. Na extremidade distante do campo, por sobre os trilhos e até o bulevar além do rio, onde os carros correm interminavelmente num vai e volta da cidade para as barracas de sorvete junto à estrada, os restaurantes de marisco frito, os bares de beira de estrada, iluminados de rosa e lotados de dançarinos arrastando pés, o débil eco das buzinas.

Agora o som dos grilos, e aquela velha rã-touro dos juncos no Haley's Creek. E o programa de Fibber McGee do pai vindo ali de baixo, da varanda, a plateia estourando num súbito riso.

E Tia Marie, a prima Rose, o pirralho dela, a amiga dela e Diane tagarelando sobre bobagens na sala; risos altos...

Assim, Galloway –

PETER SE LEVANTOU da posição ajoelhada e ficou examinando seu quarto, acendendo ociosamente um cigarro novo. Era um quarto pequeno, mas útil, útil no sentido de que condizia com sua personalidade. Peter era do "tipo entocado". Ele precisava de um lugar para onde pudesse se retirar, um lugar – um quarto – contendo certas necessidades que, para seu alívio seguro, como no caso de um precavido caçador de peles do Alasca, estivessem à mão numa emergência de duração imprevisível. Ali estavam armazenadas suas provisões do espírito... livros, uma máquina de escrever, papel, lápis e canetas, envelopes, cartas velhas, cartas recentes, lembranças da infância e da meninice, álbuns contendo recortes pertinentes e cadernos de anotações contendo comentários impertinentes, velharias aglomeradas que não tinham qualquer relação umas com as outras e sem função havia longo tempo – pedaços de lápis de cera e giz coloridos, bolinhas de gude, botões, fechaduras Yale, rolos de fita e corda, pedras e conchas marinhas, caixas de fósforos cheias de sortimentos de tachas e pequenos ímãs e tampas de garrafa, pedaços de elástico e bandeirinhas, frascos de tinta vazios, chaves velhas: todas as miudezas que um rapaz coleciona e, quando é bastante afortunado, guarda, como lembretes de ligação com o sempre dourado passado.

Quanto a objetos de natureza mais singular, Peter também acumulava ali as astutas façanhas de sua meninice – uma grande caixa estriada de sarrafos transbordando com cadernos e pilhas de papel agora amarelados e amassados. Esses cadernos continham registros sistemáticos de seus "eventos" imaginários... um complicado sistema de nações, e suas guerras e seus esportes, com apropriado estilo bombástico de historiador nativo, sentimentalidade adocicada, detalhes elaborados e uma orgulhosa escrita esmerada. Milhares de nomes estavam enterrados nessa caixa estriada de sarrafos, nomes selecionados de listas telefônicas para personalidades de alta ou baixa posição fantasiadas na mente de uma criança... reis de nações cujos mapas oficiais eram preservados em grandes rolos ressequidos; gigantes dos campos de batalha cujas proezas faziam encolher, como se poderia esperar, os Napoleões; atletas de doce renome cujas façanhas eram elaboradas a custo em cem mil horas debruçadas sobre arranjos de bolinhas de gude e pauzinhos de uma parafernália para sempre incompreensível, claro, a qualquer pessoa que não fosse Peter Martin. Ali se viam documentos e mais documentos, meticulosamente precisos, registrando para sempre, na mente do garoto, os frutos de uma imaginação esquisita, mas original.

E havia depois as primeiras aquarelas, paisagens compactas, a inevitável ilha com a palmeira inclinada sobre a rebentação ao pôr do sol, as árvores tumultuosamente verdes e os loucos azuis e roxos de céu e água. E o primeiro romance... impresso à mão num caderno, cem páginas sobre as aventuras de "Jack", com ilustrações. E as incontáveis tiras de desenhos em quadrinhos, concedendo aventuras e mais aventuras ao herói de queixo quadrado, fumador de cachimbo, angularmente delineado, "Bart Lawson" ou "Agente Secreto K-11".

Também as incursões pelo humor... o morbidamente ridículo personagenzinho de desenho que fica em apuros o tempo todo e não é nem um pouco engraçado, mas é, de algum modo, vagamente insano. Tudo isso e ainda mais... pilhas de "jornais diários" escritos à mão, contando as notícias numa voz alta e insolente; contendo editoriais que de algum modo, curiosamente, lembram editoriais adultos verdadeiros, na circunstância de que se esforçam por preencher o espaço designado sem dizer nada que seja digno de uma só linha das notícias propriamente ditas. E, claro, diários abundantes de temperamento, estoicas admissões de fastio e relatos de testemunha ocular, alegremente empolgados, sobre enchentes, incêndios e furacões.

Junto com isso – e com tudo mais –, Peter armazenara em sua toca todos os velhos brinquedos, tacos-bolas-e-luvas, presentes e anéis de amores adolescentes, fotografias necessárias para arredondar a completude de seu passado.

Agora, por cima dessa camada com suas profundas correntes subterrâneas – fecundas e psicológicas – da meninice, Peter possuía e continuava juntando uma nova civilização particular. Ele tinha um rádio-vitrola e o devido acompanhamento de uma crescente coleção de discos de música clássica, swing e jazz. A coleção musical cobria um vasto campo, desde Gershwin com sua romântica insinuação da distante Manhattan, ou voltando a Benny Goodman e Artie Shaw – cujos ritmos empolgavam a geração mais jovem atual e a preparavam, ou pelo menos Peter e alguns outros dispersos, para o lado sério da nova música, chamem de jazz ou swing, que culminava nas altamente complicadas e bastante profundas improvisações melódicas dos solistas Coleman Hawkins, Roy Eldridge e Lester Young, para mencionar alguns, todos eles negros, a quem a música efetivamente pertencia –, passando por Delius, cujas letras assombrosas impressionaram Peter na primeira audição (algo compativelmente místico em sua natureza) e abriram caminho para uma apreciação de modernos semelhantes, Debussy, Tchaikovsky, Rachmaninoff, Shostakovich; os quais, por sua vez, desenvolveram os sentidos, trataram-nos e os prepararam para os mestres de fato – Beethoven, Mozart, Schubert, Brahms.

Em primeiro lugar na estante de Peter, isto é, situados no topo num grupo de elite, estavam Thoreau, Homero, a Bíblia, o *Moby Dick* de Melville, *Ulysses*, Thomas Wolfe, Shakespeare, Whitman, *Fausto*, Dostoiévski e Tolstói. À estante seguinte Peter relegara diversos autores de um interesse mais do que passageiro para ele, mas de um interesse menos do que passageiro, segundo temia, para Homero-Bíblia-Shakespeare e companhia. Essas luzes bruxuleantes incluíam William Saroyan, Sherwood Anderson, Albert Halper e alguns outros favoritos extravagantes como

Rupert Brooke, Carl Sandburg e Edna St. Vincent Millay – e o grupo Hemingway-Fitzgerald-Dos Passos.

Numa pilha sobre a escrivaninha encontravam-se as leituras periódicas de Peter, um punhado de publicações liberais que começavam por *The Nation* e avançavam – ou voltavam, subiam ou desciam – até o diário *PM* de Nova York e desviavam para a *New Masses* e quaisquer poucos exemplares do *Daily Worker* nos quais ele conseguisse botar as mãos. Essas publicações ele lia com grande dose de perplexidade – mas lia com firme intenção de aprender. Ele desconfiava dos textos políticos, preferia passar os olhos simultaneamente por dois órgãos divergentemente opinativos para conferir a opinião de cada lado pelo outro e obter, assim, um vislumbre das motivações, separar a propaganda dos fatos e tentar entender a questão tal como ela era. Nessa linha, Peter com frequência buscava opiniões sobre o mesmo assunto em dois jornais, o *PM* e o *Boston Daily Record* de Hearst. Aqui ele via pessoas voando nos pescoços umas das outras e especulava, de leve – com seu olhar procurando por motivos, até pelo motivo vital atrás dos motivos –, sobre o que justificaria tamanha agitação.

Acima da velha escrivaninha de trabalho pendiam emblemas também representativos da vida atual de Peter – um estandarte do Boston College e uma brilhante constelação de medalhas honrosas de corrida. Essa exibição, por mais que fosse imatura, servia principalmente para identificar – na estranha balbúrdia daquele quarto – uma fase da vida de Peter. O propósito do quarto legitimava a presunção. Contava a lenda de seu aprendizado no Boston College, parcialmente atlético e parcialmente escolástico, ao passo que o grande "44" indicava que ele completara seu primeiro ano.

Esses, em parte, eram os objetos que viviam no quarto de Peter e que mais ou menos manifestavam sua vida até o verão de 1941. Indo à África como explorador, e retornando com uma lança queniana, ele a escoraria num canto para ostentar o fato.

Com satisfação e um orgulho matizado de humor, Peter assim inspecionava seu quarto.

O aposento, no entanto, não estava mobiliado do jeito que ele teria desejado; ostentava o toque diário de Tia Marie. O papel de parede sugeria um quarto infantil ou uma sala de jogos, de tão florido e brilhante que era. A nova estante de livros com a qual ela substituíra a velha estante marrom tinha um tom de bordo envernizado que parecia pouco intelectual – mais do que isso, parecia pouco acadêmico. As cortinas cantavam com alegria e luz solar, e ao tapete acolchoado diante da cômoda só faltava um gatinho angorá brincando com uma bola de cerzir.

Mas a velha poltrona de couro marrom ainda estava lá, e a escrivaninha atulhada com os escaninhos lotados, a grande máquina de escrever empoeirada, a frugal e simples luminária de piso, a antiquada cadeira de sala com espaldar de madeira e assento de couro, e a velha cama de ferro com sua tinta marrom se descascando para mostrar um tegumento mais antigo de marrom acadêmico – esses itens permaneciam; e, de certa forma, o toque jovial e leve de Tia Marie não fazia *muito* estrago. Seu espírito asseado e brilhante pairava sobre o sufocante acastanhado geral, jurando que a poeira e o desarranjo jamais poderiam transformar aquele quarto, apesar de sua firme resistência livresca, num calabouço faustiano. Esta era uma ideia tranquilizadora para alguém que vivia num quarto sem ser inteiramente responsável por ele.

2

"Petey!"

Peter estava deitado de costas na cama, contemplando o escuro teto inclinado, quase cochilando.

"Petey!"

Era Garabed chamando por ele do pátio lateral, o jovem Garabed Tourian que, com seus dezenove anos, ainda chamava Peter do pátio lateral com mãos em concha como sempre fizera por dez anos.

Peter correu até a pequena janela que dava para a casa dos Quigley ao lado e apertou o nariz contra a tela. Garabed estava parado ao luar lá embaixo, esbelto e informal em mangas de camisa branca, fumando um cigarro.

"Ei, Garabed!", Peter o cumprimentou. "Que horas são?"

"Umas dez e meia, eu acho."

Peter bocejou: "O que você está fazendo?".

"Nada. Vem aqui fora..."

Peter esticou os braços: "Pra onde nós vamos?".

"Pra qualquer lugar", Garabed disse. "Vamos lá."

Peter acendeu a luminária de piso e encontrou seus cigarros. Pegou um exemplar desgastado do *Pocket Book of Verse*, desligou a luz e desceu as escadas. Seu pai estava de volta na sala da frente, ouvindo uma história de suspense no grande rádio Philco. Rose e os outros haviam ido para casa.

"O seu armênio está lá fora", disse o sr. Martin.

Peter entrou na cozinha. Tia Marie estava sentada junto à mesa, bebericando uma coca sobre o *Boston Daily Record*, concentrada em Walter Winchell.

"Não volte pra casa às seis da manhã", ela disse.

Peter resmungou "Não vou" e abriu a porta do refrigerador. Pegou duas garrafas de Coca-Cola e saiu pelos fundos. Diane estava na entrada, recolocando um esfregão num balde.

"Kewpie passou mal de novo. É melhor você levar esse maldito gato velho à Sociedade Protetora dos Animais."

"Não fale bobagem", Peter exclamou com irritação. "Ele passou mal por causa de algo que comeu. Esse gato é mais saudável e mais jovem do que você." Diane se colocou numa posição de zanga, com as mãos nos quadris, enquanto Peter fechava suavemente a porta em sua cara.

Ele conseguiu escutá-la berrando: "O gato velho é *seu*. Limpe a sujeira dele você!".

Garabed arrancara uma rosa do arbusto dos Quigley e enroscara o caule no cabelo preto. Estava recostado à vontade num tronco escuro.

"Toma aí", Peter disse, oferecendo uma coca. "Que diabo, acho que peguei no sono. Eu estava lendo Halper por volta das nove horas..."

Os dois se sentaram nos degraus da varanda. A lua subira por cima das árvores no fim da rua, encolhendo e ficando mais branca conforme subia. "Ó lua, tua tristeza oblíqua", Garabed citou com um sorriso taciturno. "Ó lua compassiva!"

Peter arreganhou os dentes: "Não deboche do meu grande poema".

Garabed voltou para o amigo um rosto moreno de olhos escuros. "Não estou debochando dele. Eu acho bom. Estou citando. Você sabe que eu tenho em minha posse a única cópia existente." Ele sorriu, levantando a garrafa para dar um gole. "'Realidade Suprema'... um poema em quatro partes de Peter Martin. É bom, Pierre. Uma ardente explosão lírica. Aprecio muito."

Peter terminou sua coca e a largou nos degraus. "Não é poesia de qualidade, certamente. É uma barafunda de verso livre. Tem Whitman demais ali."

"Isso mesmo – você é um escritor de prosa. Eu sou o escritor de verso nesta rua."

"Duvidosas distinções para a North Street."

"Eu passei a tarde inteira", Garabed disse, "na biblioteca lendo a *Encyclopedia Americana*. Meu Deus, que empreitada seria ler a coisa toda! Passei duas horas só lendo sobre Birmingham, Alabama. Fabricação de aço. Algodão..."

"Qual é o plano?"

"Não sei. Eu não tinha nada pra fazer. Fui ver um filme às cinco horas, uma dessas produções horrendas da Republic Pictures. Também não sei por que fiz isso. Na saída, encontrei George Breton. Ele falou pra não esquecer o sábado à tarde... beisebol ou algo assim. Não sei. Hoje eu estou num clima estranho, apático. Você fez o quê?"

"Precisei escrever aquelas cartais que tinha mencionado a você, para o pessoal do Boston College."

Garabed tirou a rosa do cabelo e se pôs de pé, sorrindo profundamente.

"Vamos dar uma caminhada", ele disse.

Peter jogou as garrafas vazias na rede e os dois partiram rua abaixo.

"Como está o seu pai?", Garabed perguntou com os dentes à mostra.

"Do mesmo jeito de sempre, Bed. Um coughlinita de corpo e alma. Parte do pensamento dele é lógico, eu suponho..."

"Por exemplo?"

"Aquela parte que um vendedor de seguros de sessenta anos da Nova Inglaterra com vida confortável deveria ter... em contraste com aquela parte que dois garotos novinhos como você e eu não deveriam ter."

"O que há de errado com o nosso pensamento?", Garabed riu na defensiva, floreando a rosa.

"De um modo geral, nenhum problema. Mas nós não *vivemos*. Só temos pensamento..."

"Pete, pelo amor de Deus, de onde você tirou *isso*? Você parece o meu próprio pai falando!"

"Não sei... eu ando pensando. Detesto ser um intelectual jovem que despreza os mais velhos. Tem algo de... estranhamente inorgânico nisso, ou algo assim."

"Inorgânico?", Garabed gritou.

"Bem, seja como for, nesta noite nós vamos fazer o quê?"

"Eu estou desiludido hoje", Garabed disse. "Não me importa o que vou fazer..."

"O que foi que o desiludiu: Birmingham, Alabama?"

Garabed gritou de novo: "Não! A carta da Claire provocou a minha desilusão. Birmingham, Alabama foi uma reação".

"O que Claire tem a dizer?"

"Na minha última carta, eu falei que ela lembrava uma adorável andorinha marrom. Ela respondeu que eu tinha tirado a expressão do 'Itylus' de Swinburne..."

"Vá direto ao ponto. Você ficou magoado por quê?"

Garabed levantou o queixo e olhou para baixo: "Não estou magoado".

"Está, sim. A mágoa tem algum motivo? Aquela noite em Boston, por exemplo, quando eu fiz você ficar bêbado?"

"Meu Deus, não, ela já esqueceu aquilo completamente – de qualquer modo, ela nunca chegou a se importar. Não, ela está zangada porque eu não fui vê-la semana passada. Pra falar a verdade, eu pouco me importo. Neste verão, tudo que eu quero fazer é me refestelar ao sol e ler e nadar e ficar calado. Esses namoricos meus me esgotam emocionalmente. Deus! Eu me sinto como um personagem de Dostoiévski toda vez que me meto com a turma de Boston. Vou fazer um voto de silêncio pelo verão todo, preciso ficar calado até mesmo agora..."

Peter riu e empurrou Garabed para o lado: "Seu armênio louco. Como você mudou. Ainda me lembro de te ver babando, a sua maior preocupação era ter esperteza suficiente para se apossar das bolinhas de gude do George".

Eles caminharam na direção dos trilhos de trem, desbravando a grama alta. Peter deu uma risadinha: "Lembra quando você era o meu repórter de Hollywood? Você aparecia no pátio e gritava o meu nome e eu aparecia na janela e lá estava você com seu prazo estourando".

Garabed sorriu com tristeza: "Eu me lembro, eu me lembro...".

"Nosso único assinante era o pobre Paul Dubois. Nós nem mesmo sabíamos que ele estava morrendo de câncer..."

"Eu me lembro de Paul Dubois. Nunca vou esquecer a noite em que ele ficou sentado na rede no quintal dele me falando sobre sua viagem a Cleveland ou outro lugar. Pobre rapaz moribundo. Ele costumava comprar o nosso jornal..."

"Cinco centavos o exemplar", Peter recordou.

"...e ler o nosso jornal, só pra nos agradar, dois meninos ranhentos. Aposto que ele teria dado um grande homem. Ele tinha o poder da compaixão."

Peter colocou a mão no ombro fino de Garabed. "O poder da compaixão... a essência do tourianismo."

"Sem dúvida", Garabed sorriu. Depois, num tom grave: "Os maiores homens foram aqueles que tinham esse poder, homens solidários e compreensivos... Cristo, Dostoiévski, Lênin".

"Eu me lembro, eu me lembro", Peter imitou num tom brando.

Eles atravessaram os trilhos de trem brilhantes, ainda quentes, e desceram por um emaranhado de arbustos na direção de uma clareira, à beira da água, onde areia havia sido espalhada para formar uma praia de banho.

"Você sabe disso tão bem quanto eu", Garabed protestou. "Esses foram os homens que sofreram, os heróis compassivos do gênero humano, os amantes da humanidade..."

A rosa de Garabed irradiava um vermelho transcendental sob o luar.

"É um pensamento lindo, Bed, mas não resiste..."

"Não resiste... a quê?"

"Não sei." Peter se sentou na areia e, com um piparote, lançou seu cigarro na água além da praia. "Seu credo é como uma coisa adorável e frágil que pode ser varrida pela primeira brisa, como uma nuvenzinha de fumaça... na verdade, a compaixão não é um poder, é mais uma fraqueza."

"Adorável e frágil", Garabed repetiu. "Pete, pelo amor de Deus, a vida é adorável e frágil; veja esta rosa..."

"Eu sei", Peter arreganhou os dentes. "A sua compaixão não é mais forte. Ela vai morrer... logo. Existem forças tão mais poderosas. Não estou defendendo essas forças mais poderosas, mas elas vão acabar vencendo."

"A compaixão de Cristo", Garabed chiou, "teve mais efeito sobre o mundo ocidental do que a força de qualquer outro homem... seja a sagacidade de Napoleão, seja o sei-lá-o-quê que Bismarck tinha, o mesmo vale para o Oriente, onde os ensinamentos de Buda seguem vivos."

"Pobre Garabed. Não é isso o que eu quero dizer. Estou falando sobre você mesmo. Você é indefeso. Você não ousa ler Freud, com medo de perturbar os seus hábitos emocionais. Dostoiévski o deixa aterrorizado com aqueles retratos eslavos que o lembram demais de você mesmo. Você teme a feiura, corre atrás da beleza e se joga nos braços dela."

"E daí?"

"E daí, algum dia, algo feio e real vai acontecer. A compaixão não vai ajudar. De força você vai precisar, mas você não a terá. Você vai rachar."

"Pierre" Garabed ronronou, exibindo a rosa, "eu ainda terei a minha safira."

Peter amontoou um pouco de areia para formar um travesseiro e se recostar. "A sua safira. É só um símbolo de beleza. A feiura, quando te atacar, vai destruir a sua safira e fazer de você uma concha oca. Bu!"

Do outro lado do rio, os faróis dos carros tateavam o caminho ao longo do bulevar. O ar cheirava a lama de rio.

"Você está errado, Peter, completamente errado. Não me venha com essa conversa de 'definições afetadas e glaciais'. Você deve andar lendo a *Partisan Review*, de qualquer maneira."

Peter riu.

"Não ria. Você não percebe que o Grande Movimento Liberal é baseado na compaixão?"

"Ah, meu Deus, você faz com que tudo seja tão belissimamente simples, Garabed, eu só espero que você tenha razão..."

"Você não percebe que o progresso, de Prometeu em diante, ao longo dos séculos até... até Lênin, foi obra de grandes e bons homens, homens de fé? Esses homens não eram cínicos, eles acreditavam na alma da humanidade, na irmandade do homem. Pense em Billie Saroyan!"

"Ele é o seu conspirador armênio..."

"Billie é um grande e bom escritor, não me importo com o que dizem uns e outros. Ele é compassivo, ele é solidário com as pessoas e com os princípios da irmandade do homem; além disso", Garabed mostrou os dentes, "ele escreve umas coisas tão lindas e tristes. Você lembra? Aquele conto chamado 'The Warm, Quiet Valley of Home'? Saroyan e seu primo saem para caçar e não matam nada. Saudemos os habitantes ausentes do mundo, disse o primo dele. É um pensamento nobre, Saroyan disse. Eles levantaram as armas nos ombros e apontaram para nada no céu. Pelos mortos, disse o primo dele. Eles dispararam as armas... o som foi meio louco e meio trágico. Por Kerop, Saroyan disse. Eles dispararam de novo. Por Harlan, disse o primo, e de novo eles dispararam. Por todos que alguma vez viveram nesta Terra e morreram, disse o primo. Eles dispararam as armas..."

"Isso foi maravilhoso", Peter assentiu com a cabeça.

"Ah, e lembre... 'é o pobre coração partido'. Ele se refere à tristeza da vida. Saroyan tem coração, Pete, é por isso que o amo..."

Peter, deitado de costas, contemplava um céu repleto de suntuosas estrelas piscantes. O rio ressoava por trás das palavras de Garabed.

"'Há um realejo gorjeando por uma rua dourada na cidade onde o sol afunda...' Por Deus, Saroyan poderia ter escrito isso. Ele tem um olho que capta o tragicômico por todos os cantos, o belo e o triste. Pete, falando sério, vai ser um dos grandes momentos da minha vida quando eu conhecer Saroyan."

"Pra mim também seria."

"Nós *precisamos* conhecê-lo, falando sério. Um dia, nós vamos nos sentar pra valer em algum calhambeque velho e dirigir direto até Fresno, Califórnia." Garabed soltou uma risadinha entusiasmada. "Que aventura maluca nós teríamos! Nós iríamos nos apresentar, de modo simples e elegante, como Garabed Tourian e Peter Martin de Galloway, Massachusetts, uma dupla de jovens escritores. Saroyan ficaria encantado de nos ver..."

"Coitado, coitado, coitado", Peter disse com os dentes à mostra. "Garabed, a sua ambição é tão impagavelmente descomplicada."

Garabed acendeu um cigarro. Falou: "Justo agora me aconteceu de pensar sobre a Rússia. Eu me sinto infeliz agora. Deus!".

Peter levantou as costas do chão: "Que retirada... é horrível".

"Eu escrevi algumas linhas sobre a juventude russa no front ontem à noite, no meu quarto..."

"Eu temo por Moscou", Peter comentou.

"Você se lembra do nosso pacto?", Garabed perguntou com um sorriso abatido. "Moscou num domingo à tarde..."

"Uma cinzenta tarde de domingo..."

"Sim, um dia nublado; e vodca num quarto sem mobília, com vista para os telhados da cidade... De todo modo, eu escrevi alguns versos."

"Como são esses versos?"

"Pobre juventude russa", Garabed murmurou sem prestar atenção. "Pobres garotos. Não é realmente horrível? Quero dizer, neste exato momento, enquanto estamos aqui sentados junto ao rio, eles estão morrendo... eles estão morrendo..."

"Pra quê?"

"Eles estão morrendo na noite... eles clamam: 'Por que precisamos morrer na noite, encarnados em nosso próprio sangue?' – esses são os versos. Ah, que diabo, Pete, eu não sei pra quê... eu penso na juventude alemã..."

"Os nazis?"

"Estou tentando encarar a questão sem viés político."

"Eu também não sei, Bed. Aposto que é mais sensível escrever poemas a respeito do que tentar analisar o problema politicamente. Quem vai saber? Se nós entrarmos, cuidado... quero dizer, adeus Garabed, adeus Peter."

Garabed se recostou e abraçou os joelhos.

"Talvez", Peter arreganhou os dentes, "prestando atenção em silêncio, a gente consiga ouvir os canhões..."

Os dois ficaram em silêncio. O trem, a quilômetros dali, chorou uma longa e turva lamúria.

"A mesma América sonolenta de sempre", Peter prosseguiu. "Veja só esse mesmíssimo rio velho de sempre. Você se lembra de quando nos arriscamos a nadar até o outro lado pela primeira vez?... Anos atrás... Acho que nós estávamos na escola primária. Mas eu sempre nadei melhor do que você..."

Garabed estava peneirando areia por entre os dedos.

"Um vento se levanta", ele disse, "e os rios correm. Lembra?... De Wolfe."

"Sim. Eu vou me lembrar. Eu vou me lembrar..."

O trem estava a menos de dois quilômetros. Eles conseguiam escutar o canto dos trilhos, o rugido se aproximando por trás dos arbustos.

Mais tarde –

No quiosque de John O'Keefe, aberto a noite toda.

"Pete, a família recebe notícias do seu irmão em algum momento?"

Garabed, tendo acabado de comer um quarto hambúrguer, limpava a boca zelosamente com um guardanapo de papel.

"Wesley?", Peter franziu a testa. "Ele mandou um cartão de Natal no ano passado, de Tampico. Não conta grande coisa…"

Os olhos de Garabed pareciam se alargar conforme se umedeciam. Ele não baixou a cabeça, fitou os olhos de Peter. "É uma lástima", sussurrou, contorcendo a boca.

Peter reprimiu um sorriso. "Ele está se saindo bem."

"Eu me lembro de Wesley", Garabed o ignorou. "Quero dizer, eu me lembro dele vividamente… Certa noite, ele vinha caminhando pela North Street – quando eu tinha nove anos de idade. Ele estava triste, e eu fiquei olhando pra ele. Eu me lembro porque era abril e estava chovendo. Os pingos de chuva caíam junto ao poste de luz em linha reta. Wesley usava uma capa de chuva, era preta, e não estava de chapéu. O cabelo estava molhado e pendia por cima dos olhos. Eu estava voltando para casa da farmácia com aspirinas ou algo assim pra minha irmã Esther. Eu disse 'E aí, Wes!' – e ele me olhou com tristeza – Ah! Eu nunca vou esquecer! Ele disse 'Oi' – só isso, sem querer agradar ou qualquer coisa do tipo, só um oi simples, triste e sincero – e ele seguiu caminhando pela rua…"

O juke-box começou a tocar. O policial Haley entrou, enxugando o rosto magro e vermelho com um lenço azul de bolinhas; ele se sentou no balcão e repeliu uma mosca com a mão. O ventilador de teto soprou para baixo um topete grisalho enquanto ele tirava por um instante o chapéu para limpar a tira do chapéu.

"Isso foi poucas semanas antes de ele partir." Garabed mergulhou para dar um gole ruidoso no café, voltou: "Não é estranho, Pierre, que eu me lembre desse jeito? Claro, eu também consigo me lembrar de todas as coisas óbvias: a vez em que o Wesley teve aquele acidente na Boulevard, a vez em que ele arremessou só bolas perfeitas numa partida da Twi League, a vez em que ele jogou uma cadeira estofada de uma janela do segundo andar da sua casa porque ela estava pegando fogo e a vizinhança toda ficou parada em volta olhando enquanto ele despejava baldes de água lá de cima... Deus! Essas coisas são fáceis de lembrar...".

"Eu sei", Peter assentiu. "Como aquela vez em que ele comprou aquele velho Chevy 28 e o consertou no nosso quintal. Puxa, Bed, ele se levantou às seis naquela manhã – foi durante as férias de verão – e começou a trabalhar no carro. Eu fui o ajudante dele. 'Me alcança aquele contrapino, me passa essa chave'... o dia inteiro. Pelo meio-dia, ele já tinha estripado o motor todo e espalhado as peças pelo pátio. Pelo entardecer, já tinha remontado tudo – e toda a vizinhança enjoada com a fumaça do escapamento... Era um dom inato dele. Um mecânico maravilhoso."

"Eu lembro que ele trabalhou naquela oficina da Socony perto da ponte." A voz de Garabed se suavizou de novo. "Ele costumava voltar pra casa de macacão de mecânico, fumando um cigarro, um sujeito esbelto de olhos escuros."

"Sim", Peter disse, "ele tinha os olhos do meu pai, e a compleição também. Eu puxei a minha mãe, segundo me dizem: olhos azuis, um físico mais pesado. Enfim", Peter suspirou profundamente, "Wesley andou por todos os cantos. Cingapura, Liverpool, Nova Orleans, Havaí – foi até o inferno e voltou. Que vida, o mar. Dick Sheffield e eu costumávamos sonhar com a ideia de fugir de casa e sair pelo mar – uma vez nós chegamos a ir até Boston, veja só, e ficamos rondando pela beira-mar a noite toda..."

Garabed trespassou uma crosta de pão com um palito de dente.

"Ainda acho que é uma lástima, o que eu quero dizer é que é *realmente* uma lástima. Sem lar, perambulando... Você não percebe que tipo de vida é esse? Solidão, solidão... E o pobre Wesley não volta nunca para casa."

Peter rechaçou a ideia num aceno de mão. "O que há em Galloway para um cara como ele? Ele é um anacronismo – ele devia ter ido para o Oeste com os pioneiros da corrida do ouro, ou navegado com Hanão ou algo assim. Ele não tem raízes, na verdade, porque deliberadamente as matou de sede. Não deixou nada para trás, nenhuma marca de seus dezesseis ou dezessete anos em Galloway, e nenhum arrependimento tampouco..." Peter enrugou a fronte. "A verdade é que, como você sabe, eu nunca mais vi meu irmão desde que eu tinha essa altura aqui, portanto não sei em que tipo de sujeito ele se transformou. Não consigo nem mesmo me lembrar com clareza de como ele era dez anos atrás, e certamente nem um pouco de um ponto de vista maduro. De modo que não sei... Mas a minha ideia é que Wesley está fazendo aquilo que quer fazer – ou seja, ele não é um exilado, ninguém o forçou a esse tipo de vida, de solidão, como você diz. Ele apenas não é o típico cara que se casa e sossega. Ele não é domesticado. Acho que ele é só um marinheiro, mais nada. Nós não conseguimos entender porque somos apenas uma dupla de queridinhos da mamãe..."

Garabed sacudiu a cabeça devagar.

"Ainda acho que é terrível", ele disse. "Ora...", Garabed agitou a mão, um gesto fútil para indicar todas as coisas nas quais ele acreditava, "ora, é trágico... e belo, mas belo de um jeito medonho. Horrível! Não seria tão ruim pra mim, eu teria a minha safira. Mas Wesley... ele parecia tão triste e perdido naquela noite, tanto tempo atrás. Oi, ele disse. De alguma maneira, eu sinto que ele continua o mesmo, não mudou nada. Oi. Ois tristes pelo mundo todo, perdidos na chuva..."

Peter riu e empurrou o ombro de Garabed para trás.

"Ok, Tourian. Guarde isso para as suas obras completas."

Garabed sorriu com tristeza.

Peter bagunçou o cabelo preto encaracolado. "Vamos lá, seu armênio louco, vamos voltar pra casa."

SOB UM POSTE DE LUZ na esquina das ruas Wild e Henderson, Garabed Tourian –

"'Então não vamos mais vagar até que a noite termine, por mais que o coração possa amar, por mais que a lua ilumine...'"

Peter interrompendo –

"'Você em seu rumo e eu em minha via, sempre os homens se separam de repente; bem pode ser por uma noite ou por um dia, bem pode ser eternamente...'"

"Ah, Pete, onde raios foi parar o seu bom gosto?" Garabed elevou sua voz ao tom enfático original: "'Embora a noite exista para amar' – platonicamente, é claro – 'e o dia logo a destrua, nós não vamos mais vagar sob a luz dessa lua...'".

"Que horas são?"

"Umas quatro – ouça isso aqui: 'Desamparado! A própria palavra é como um sino que me chama de ti para o meu eu solitário!... Adeus! a fantasia não engana tão bem quanto proclama sua fama, elfo trapaceiro. Adeus! adeus! teu hino lamurioso esmorece além das campinas próximas, por sobre o calmo córrego, morro acima...'"

Havia sons borbulhando por trás das exclamações de Garabed, saindo de uma janela aberta do outro lado da rua. Alguém gritava numa voz masculina sarcástica e rascante.

"...e vão dormir, ou eu chamo a polícia, Jesus. Voltem pro lugar de vocês!" Houve um silêncio atordoado.

Em resposta, Garabed se apoiou num joelho e se dirigiu ao homem na janela.

"Eu vou lhe dizer qual é o nosso lugar... 'As Ilhas da Grécia, joias da Terra! Onde a ardente Safo amou e cantou, onde surgem as artes da paz e da guerra, onde Delos cresceu e Febo brotou...'"

"Eu vou descer, espertalhões desgraçados!" A voz vinha quase calma, densa de humilhação raivosa, lenta de ameaça.

"'O verão eterno ainda os aquece'", Garabed retrucou enquanto Peter extravasava um risinho incontrolável. "'Mas tudo lá, menos o sol, desvanece...'" Ele ficou ali ajoelhado, sob a luz do poste, a extremidade da rua cinzenta de ferro com o falso amanhecer.

Por um momento, o homem ficou atordoado. Então, com penosa determinação – como se ele tivesse sido designado, ingratamente, para uma tarefa que precisava ser realizada –, ele disse: "Tá bom... Vou descer". A janela foi fechada devagar, um som para preencher o silêncio que se seguiu com abrupta brutalidade.

"Assim do nada?", Peter resmungou, voltando-se para encarar a casa. O sangue do medo disparou pelas veias e inundou seu peito, os ouvidos trovejaram, seus joelhos fraquejaram. Mas Garabed irrompeu numa risada de pânico e tratou de correr; num piscar de olhos, a situação era cômica. Rindo enlouquecidamente, os dois se precipitaram Henderson Street abaixo e North Street acima. As casas repousavam tranquilas, as folhas das árvores pendiam silenciosamente na quietude acinzentada, e um galo longínquo cantava.

Sem fôlego, eles pararam diante da casa de Peter.

"Só mais um cigarro", Garabed riu, "e aí me vou pra casa."

Eles se sentaram nos degraus da varanda, ofegantes, e acenderam seus cigarros. Ambos olharam para cima quando o primeiro pássaro proferiu dos galhos acima um minúsculo pio.

3

As origens de Peter – as mais recentes – traíam suas convicções intelectuais. Empenhado em passar o verão à toa, ele estremecia no íntimo, mesmo assim, quando passava por um grupo de operários na rua, e evitava olhá-los no rosto. Sua convicção era de que a história, como um drama, era uma produção inigualável – protagonizada pelos príncipes do destino; dirigida pela brilhante, invejosa e incolor equipe que se mantinha eternamente às margens da grandeza; financiada – em termos de sangue e mão de obra – pelas inumeráveis e anônimas massas que só paravam ocasionalmente para tirar os olhos do trabalho e contemplar; e escrita pela realidade do momento, a combinação predominante de acontecimentos cruzados que era a suprema, conclusiva e inalterável história.

O papel dele era o de príncipe do destino. Não era para ele a insinuação sussurrada no ouvido do governante louco; não era para ele a mão cansada por trás dos cenários esplendorosos. Não eram para ele, também, a labuta e o peso dos séculos, o olhar atordoado e maravilhoso espiando a carnificina que passa. Para ele, Peter Martin – recentemente da classe operária, o campesinato canadense, e recuando até um tataravô que, desembarcando arrogante, com barris de Rochambeau de uma baronia na Normandia, para promover a causa do novo império francês no Oeste, viu sua fortuna ser destruída pela pólvora de Wolfe em Quebec e teve de se satisfazer com um pedaço de terra perto de Fleur du Loup, que se transformou, conforme as gerações progrediam, de uma propriedade baronial numa região de camponeses – agricultores austeros e musculosos – que trabalhavam duro demais pela sobrevivência para perder tempo com questões de linhagem –, para ele, Peter, o papel de proeminência no palco da história. Para ele, portanto, o ócio esplêndido e a calma postura; o aristocrata da história, arrancado da videira no momento certo, florescido em glória para o deleite de todos; ele que pode esperar sua vez, brandamente confiante.

Como essa proeminência seria obtida ele não sabia dizer. Ele só esperava, como é típico da juventude, pela hora certa; ele só sabia que pertencia à grande família da Terra cujo destino, cuja única responsabilidade, era interpretar um papel na história, ao passo que os outros dirigiam, produziam, financiavam e montavam o palco, e ao passo que a suprema realidade acionava a caneta que decidia o enredo.

No entanto, esse jovem aristocrata não deixava de baixar os olhos quando os operários pausam sua labuta para levantar o rosto – enquanto eles fervem alcatrão preto no lustro do verão, desmancham, constroem e restauram o cenário da peça, sobre o qual o jovem logo desempenhará seu régio e trágico papel. O príncipe do destino é traído pelo sangue de um avô que julgou adequado matar suas próprias vacas; e por um pai que acreditava no trabalho e se levantava todas as manhãs para pegar no pesado.

Peter passou pelos operários e seguiu Galloway adentro. Os subúrbios, às sete da manhã, iam derivando e melhorando nos arredores do centro; as latas de lixo se tornavam mais proeminentes, postadas do lado de fora das moradias coletivas de madeira. Ele passou por postos de combustível e oficinas, o sol jovem já trabalhando, assando emanações gasosas e cintilantes. Os ônibus amarelos passavam. Os apitos das fábricas de Galloway chamaram lá fora, e pareceu, então, que a cidade apressava o passo, respondendo ao chamamento com um som vago e azafamado.

A porta de uma das moradias foi aberta e batida com força. O operário de fábrica parou para acender um cigarro, agarrou de novo a lancheira e então saiu caminhando energicamente rumo às chaminés de tijolo vermelho da fábrica não muito distante.

Peter seguiu caminhando. Garabed estaria dormindo naquele momento; ficaria irritado de saber que Peter não se deitara, que Peter se lançara sem ele, de manhã, numa pequena aventura sonolenta pela cidade.

Mas Peter tinha constatado que seria impossível dormir. O sol matinal e o cheiro no ar, vivo e limpo, chamaram-no de volta à vida, chamaram-no de volta para mais do mesmo – algo tão encantador, por vezes, que Peter deplorava suas limitações físicas. Numa manhã como aquela! – estar em todos os lugares, ser todo mundo ao mesmo tempo, fazendo tudo! Ser um empresário dinamarquês em Copenhagen – um enérgico e atraente fabricante de móveis de meia idade – atravessando a rua de pedras pela manhã.

Ou ser um poeta árabe, como Ebn Alrabia, despertando naquele exato momento em Medina; o desjejum, depois um breve relance nos rolos de escrita, e uma caminhada até o pomar de tâmaras no topo da colina, trajando aquelas vestes majestosas com lenços de cabeça.

Ou – um marujo num navio ancorado em Trinidad; o porto fumegante, o som dos estivadores nativos começando a trabalhar. Manhã...

Peter estava muito cansado, naturalmente; mas sua excitação era tão grande, uma lenta sensação tórrida vibrando nos nervos e músculos cansados, que ele aguentaria, tinha certeza disso, até por volta do meio-dia antes de sucumbir ao chamado do lar e da cama. Ele planejou cuidadosamente sua manhã. Primeiro, um revigorante sorvete de morango com refrigerante para tirar da boca o gosto seco e quente da noite virada. Depois, por volta das dez, algumas cervejas geladas no bar perto da Praça. Depois almoço no café-restaurante White Star, costeletas de porco e Coca-Cola e torta de ruibarbo servida com uma bola de sorvete. E durante tudo isso ele iria observar a população de Galloway, examinar as cores do sol e do céu e a qualidade do ar em meio aos velhos prédios vermelho-escuros do centro, onde o sol projetava seus raios inclinados para dentro de escritórios de advocacia e revelava escrivaninhas de tampo corrediço, pisos afundados sem carpete e uma ocasional escarradeira. Ele também iria perambular pelas lojinhas de produtos baratíssimos e ver o que houvesse para ver nelas, mexer na prateleira dos brinquedos e talvez – com grave ironia – roubar uma ou duas fitas de máquina de escrever.

Peter sabia, por experiência passada, qual seria seu humor predominante naquela bela manhã. Insone, pasmado, ele caminharia sem rumo numa espécie de fadiga intoxicada, desfrutando das mais sutis impressões que a manhã e a cidade guardavam para sua leve alimentação. Pelo meio-dia, ele estaria bêbado de exaustão – talvez oscilasse um pouco enquanto caminhava. Conhecidos reagiriam a seu humor descontraído e travariam conversas induzidas por ele, conversas ligeiramente irrelevantes, ligeiramente patetas.

"E aí, Socko!"

"Jesus! Martin, que cara de bêbado."

"A sua cara também não está lá essas coisas." Nesse instante, Peter lança um olhar pela extensão da Praça com sobrancelhas erguidas.

"Pra onde você está indo, seu louco desgraçado?", Socko pergunta.

"Eu estou procurando um homem honesto."

"Você tem dinheiro pra emprestar?"

"Homens honestos não pedem dinheiro emprestado. Eles imprimem dinheiro por conta própria. Nunca te falei sobre isso?"

"Não me venha com essa, Martin. Eu sou um trabalhador. Não sou um universitário babaca que nem você. Preciso ir. Essa rosa velha está no bolso da sua camisa pra quê?"

Peter passa os olhos pela rosa: "É uma relíquia, como dizem, do passado enterrado". Aqui Peter solta uma risadinha.

"Onde você afanou ela?"

"Onde eu colhi? Não colhi... Eu exumei ela."

Socko sacode a cabeça, dá um tapa nas costas de Peter. "Mais algumas e você começa a dar um discurso na Praça. Bem, vejo você por aí, seu astro das pistas beberrão. A propósito, quais são as perspectivas para o próximo inverno? Você acha que ganha do Thompson na corrida de cinquenta metros pelo amado Boston College?"

"Não há dúvida disso, Socko."

Socko arreganha os dentes com admiração. "Não se você continuar desse jeito!"

"Um bom homem", Peter diz com ar indiferente, "pode fazer tudo."

Peter havia feito aquilo diversas vezes antes, isto é, ficar acordado a noite toda e atravessar a manhã até o meio-dia. Aquilo representava, para Peter, um ato de fé que ele ficava surpreso por encontrar a cada retorno. Se com Garabed ele exibia um cinismo destinado a contrabalançar – ou talvez interagir com – o idealismo do jovem armênio, esse cinismo só lhe retornava, em momentos assim, como afetação superficial. Pois a verdade era que ele amava a vida e gostava de construí-la. Em manhãs assim, com os sentidos pesados, os pensamentos lúcidos, ele constatava que conseguia assumir uma atitude encantadora em relação à vida... e repetia o procedimento periodicamente, como um cristão que vai à igreja todo domingo para fortalecer sua crença.

Ele viu o juiz Michael Joyce atravessando a Praça, sem chapéu, um notório verme político com o sol dançando em seus cabelos grisalhos. O sol e os cabelos reluzentes eliminaram todas as dúvidas da mente de Peter sobre o caráter essencialmente bom da vida. A intoxicação matinal ignorava o fato político e social de que o juiz era o homem mais abjeto da cidade. Num estado mais sóbrio, Peter teria olhado para o juiz com desprezo e indignação, teria resmungado "filho da mãe!" e lançado um olhar carrancudo para o resto da cidade.

Agora ele abriu um sorriso pateta e entrou na drogaria para pedir seu sorvete de morango com refrigerante.

Com o canudo diante de si, ponderou. A vida era boa, era boa demais para durar. Intuitivamente, ele sabia que aquele seria um dos verões mais felizes de sua vida. O primeiro ano no Boston College havia sido uma angustiante vida em trânsito – pular da cama ao raiar do dia, o ônibus até a estação, o trem até Boston e depois o bonde até Newton Heights e o campus pastoral, gótico. Aulas; o cheiro de linimento nos armários; a sensação manca e pura do atleta após o treino; o retorno para casa por bonde, trem e ônibus.

Agora Peter se confrontava com três meses de ócio estival. Ia ser bom. Havia momentos emocionantes à frente, aventuras esfuziantes com Garabed; bucólicos passeios à toa com George Breton por campos de beisebol, praia e margem de rio; excentricidades de salão de baile nas noites tórridas junto ao lago; anoiteceres estoicos com Dick Sheffield diante de tabuleiros de xadrez, panfletos e planos que nunca se materializavam; e, mais excitante do que tudo, visitas bissemanais a Eleanor e seus largos quadris, à passional, à risonha Eleanor.

Obviamente, era bom demais para durar. A intuição dizia a Peter que aquele era o último de seus magníficos verões, e todos os verões tinham sidos magníficos. Aquele seria o último. Era iminente algo grave, talvez terrível, a guerra, quem sabe, ou certa transformação violenta na estrutura do mundo de Galloway.

A manhã perfeita – cristalizada no espumoso sorvete rosáceo – também iria terminar, trazendo o meio-dia. Quem era o criador do meio-dia de Peter?

Peter recordou outra manhã perfeita, quando ele tinha doze anos de idade. Era uma manhã de sábado em maio, nada de escola e flores de cerejeira. Tia Marie lhe dera cereal com creme e açúcar no café da manhã. Uma foto de Jimmie Foxx, o extraordinário batedor de beisebol, na parte de trás da caixa de Wheaties. Peter comera o fresco desjejum no contente ar azul da manhã, estudara o retrato de Jimmie Fox. Lá fora, os integrantes da turma – totalizando nove para formar o time de beisebol – lançavam bola uns para os outros e rebatiam de leve e gritavam para ele terminar seu café da manhã e sair de casa: o outro time já estava no campo. Peter, tendo terminado, pegou sua luva e seu taco e disparou ao encontro de seus companheiros. Eles marcharam em algazarra rumo ao campo, se aqueceram, jogaram e ganharam de 26 a 18 – com Peter marcando dois *home runs*!

Um meio-dia simbólico se interpusera de alguma forma desde aquele dia. Deixando de ser menino, passando a ser um batedor de *home run*, Peter era agora um jovem – um jovem que adorava ficar sentado no Boston Common com seu camarada, escrevendo versos sobre os pombos, os velhos canhões, os monumentos e as árvores e os oradores de praça pública.

> *Recordaremos este momento*
> *Que o esquilo dos olhos astutos,*
> *Ávido amante dos amendoins, não recordará.*
> *Ah, recordemos!*
> *Estátua congelada, máquinas de guerra,*
> *O verde evanescente de relva e folha,*
> *Duas almas deitadas em terreno público.*
> *Mas recordemos!*

E agora – outro meio-dia se aproximava. A juventude, em algum momento ignorado, daria lugar ao início da idade adulta. Isso representaria o fim de uma série ininterrupta de verões esplêndidos. Isso precipitaria uma escabrosa chuvarada de contas, intimações, estimativas fiscais; em suma, os pagamentos começariam a ser cobrados. Havia um preço para a bem-aventurança, a efêmera bem-aventurança veranil de uma manhã fresca e vermelho-rosa. Estava chegando.

Peter terminou seu refrigerante e acendeu um cigarro. Ele se recostou numa postura que lhe parecia sugerir contentamento e contou o dinheiro na palma da mão: havia um preço para o sorvete também. Ele pagou a conta e saiu. O sol incidia sobre a

Praça com a intensidade das nove da manhã. O trânsito aumentara. Ele seguiu caminhando.

O frescor ainda prevalecia na rua estreita de velhos prédios vermelho-escuros. Ali se aninhava o bar de aspecto mais refrescante de toda Galloway, com palmeiras em vasos na janela e uma sombra convidativa no lado de dentro, rompida apenas pelo metal reluzente. Era o McTigue's; até o nome era promissor.

Peter seguiu em frente, compenetrado da programação de sua manhã. Subiu a Center Street, um engarrafamento de estabelecimentos comerciais, tomada em ambos os lados por lojas de roupas e sapatos, um ocasional cinema, docerias e joalherias. O sol incidia com mais calor a cada minuto que passava; era o momento crucial da manhã. Peter piscava os olhos pesados e cambaleava imperceptivelmente.

Ele sabia, agora, que sua patetice descontraída estava extinta. A vida exigia, agora, uma postura mais grave, o clima, a temperatura, as atividades crescentes da cidade. Agora era o momento da cerveja. Ele refez seus passos devagar.

Antes de entrar no bar, achou oportuno recolher uma última impressão da estrutura rompida de sua manhã. Contemplou a rua nas duas direções. O guarda de trânsito na Praça, visto daquela rua secundária pelas costas, com os braços em movimento, parecia tanto um maestro regendo os ritmos da cidade quanto um louco parado no sol e orando sem palavras. Peter deu de ombros e estava prestes a entrar no bar ensombrecido quando viu Eleanor.

Eleanor carregava sua bolsa pendurada ao longo do braço enquanto balançava na direção dele, batendo sandálias que usava sem meias. Uma bandana envolvia seus cabelos curtos.

"Aí está você!", ela entoou.

Peter hesitou diante da entrada do bar e acenou um sorriso. Assimilou o fresco vestido estampado branco e verde com o máximo de cortesia que conseguiu reunir; sem esconder a admiração, notou o corte baixo na cintura que ressaltava os esplêndidos quadris.

"O que você está fazendo tão cedo da manhã?", ela sorriu. Quando ela sorria, Peter sentia invariavelmente uma recorrência das excitações noturnas. Os olhares se enfrentaram ardilosamente enquanto o trânsito estridulava, alheio aos dois.

"Eu não dormi ainda."

Eleanor fez uma cara de simulada desaprovação. Peter tomou seu braço: "Eu acompanho você. Para onde vamos?".

Ela entrou no ritmo das passadas de Peter.

"Fazer compras."

Peter estremeceu. "Sem chance – eu detesto fazer compras. Vou largar você que nem batata quente na loja de sutiã mais próxima."

Ela riu. O melhor estilo bostoniano de Peter continuava divertindo-a. E o divertia também.

"Você ainda está bêbado a esta hora?", ela perguntou. "Você parece, sabe..."

"Puxa, Eleanor, três anos atrás..." Peter fez uma pausa. "Quando eu te conheci embaixo do relógio da escola, corando. Quem teria imaginado?"

Ele estava cansado agora; Eleanor o acalmava, e ser incoerente com ela era ser esperto. Era perfeito. Ele sentia vontade de falar. Eleanor apertou forte o braço dele.

"Quem teria imaginado o quê?"

"Que uma questão como essa surgiria, quer dizer, jamais surgiria. Eu te beijei pela primeira vez em novembro, num laguinho de patinação. Você contou para o seu diário; eu contei para os meus íntimos. Que diabo!"

Eleanor riu. Ela não compreendeu a totalidade daquele pensamento, assim como ele; mas escutou as pistas ressoantes, e as pistas se encaixaram com perfeição na harmonia de sua mente.

"Crescer é um pecado. Nós vamos perdendo periodicamente a nossa assim chamada inocência primitiva. Bah! Agora você me encontra na frente do McTigue's. Logo você vai me encontrar nas portas da prisão; mais tarde, no Senado dos Estados Unidos..."

Peter sacudiu a cabeça violentamente, expulsando as ideias.

"Estou acabado. Preciso de algumas doses. Comecei a manhã galanteando *la vie*.* Mais tarde... pensei na perdição vindoura. Agora estou à beira... Minha programação omitiu um fato: a degeneração do... Eu sou o quê?"

"Meu imprestável Joe."

"A degeneração do poeta inativo. Ele é tão cheio de ardor. É só um sinal de excesso. A outra extremidade está em ação também. Estou oscilando na direção da outra extremidade. Vai ficar pior quando chegar o meio-dia..."

Agora Eleanor ficou impaciente; ele se mostrava incoerente.

"O próximo meio-dia, eu quero dizer. O que vai acontecer? Eleanor...", ele havia notado nela a crise do aborrecimento, "...quando eu te visito de novo?"

"Segunda à noite, *monsieur*?"

"*Si*. Meu bem. *J'aime tes yeux*."**

Os dois riram das idiotices dele, e os olhos de Eleanor dançaram. Estavam agora na Center Street e pararam na frente de uma loja de sapatos. Ela revirou sua bolsa.

"Esta é a minha primeira parada. Tchau?"

Peter assentiu com a cabeça e ficou esperando despreocupadamente. Ela se afastou, deixando uma promessa no olhar. Ele refez seus passos.

No bar, ele marcou anéis com o copinho de sua dose e depois os obliterou deslizando o copinho para lá e para cá. Pediu uma cerveja e a sorveu distraído. A incoerência de sua comunicação com Eleanor, Peter agora considerava, antecipava uma loucura que ele nunca perderia. Aquela manhã de sábado em maio, e os Wheaties e os dois *home runs*, tudo extinto. O jovem flamejante no Boston Common, os versos proclamando o amor helênico eterno, estes não estavam completamente extintos, mas estavam diminuindo. (O poeta se aferrava ao jovem até que a

---

* Do francês: "a vida". (N.T.)
** Do francês: "Amo teus olhos". (N.T.)

morte os separasse.) A jovem virilidade em seguida, talvez agora; e a insanidade da intuição e da percepção.

Ele pensou no Boston College, e nos estudantes de engenharia de lá; e nos sinos do campus. A neurose não espreitava por lá. Os católicos irlandeses espreitavam por lá.

O relógio disse nove e meia. Mais tarde, disse dez e meia. Peter bebera seis copos de cerveja, pensando na vida. Com um sobressalto, sentiu o calor vertendo para dentro pela porta da rua. A aproximação do meio-dia.

E então ele percebeu que estava esgotado. Inclusive quando seu pai, Joe Martin, entrou pela porta, ele percebeu que seus últimos momentos haviam chegado. O papel de príncipe do destino, que até ali havia justificado a dissipação ociosa de sua manhã, agora se apagou, assim como sua energia. Ele se sentiu acabado e ligeiramente humilhado com aquela entrada em dia útil de seu pai.

"Pete!" Não havia o menor sinal de desaprovação na saudação de Martin. "Tomando uma cervejinha, é?"

Peter arreganhou os dentes e assentiu. Martin deu uma risadinha afável e apertou o ombro do filho.

"Encha um copo pra mim, Mac", ele pediu. Ele tinha vindo matar a sede do meio da manhã. Enterrou os lábios na espuma e bebeu como só o velho bebedor consegue fazer.

"Acabei de fazer umas apostinhas", ele prosseguiu. "Vou arriscar numa acumulada de três cavalos. Você se lembra do velho Devil's Gold? Ganhamos com ele no Suffolk Downs no verão passado... Peguei ele na sexta, vencedor ou placê..."

Peter assentiu. No passado, ele acompanhara as corridas com seu pai, um perdedor turbulento, um vencedor risonho. Juntos, eles haviam percorrido a gama de emoções dos espectadores: haviam se banqueteado imensamente no Old Union Oyster House em Boston depois de uma bolada obtida na pista, ou haviam voltado para casa entristecidos no crepúsculo. Era um período da vida de Peter, começando aos doze e terminando vagamente agora, que o tinha deixado muito próximo de seu pai. Uma música assombrosa cutucava seu coração: menino, jovem, você está caindo aos pedaços. Ele se lembrou do hipódromo, dos raios oblíquos do sol na oitava e última corrida, o rosto do pai enfiado no programa, a quietude da multidão na tribuna principal pressagiando não apenas a corrida e a resolução da corrida, mas o próprio tempo, a própria morte. A quietude se transformava em rugido, os corcéis passavam pelo painel de resultados, galopavam de volta para que lhes tirassem as selas, a quietude se dispersava, a multidão ia para casa espalhando um triste refugo de programas, registros de desempenho, cartões de palpiteiros e bilhetes rasgados, o sol se pondo na paisagem das esperanças arrasadas e um cemitério preparado para a noite. Peter se lembrava de tudo isso, especialmente de quando as arquibancadas se esvaziavam e ficavam frescas e abobadadas na luz esmorecida. Aquilo representava a melancólica seriedade americana. Os americanos não tinham o espírito esportivo dos britânicos; eles eram perdedores sisudos. Seu pai era o americano típico.

Ele estava falando sobre suas apostas. Hoje à noite, se lhe acontecesse de perder, ele ficaria cismando em sua poltrona de canto.

Peter, exausto e meio inebriado, amoleceu com seu velho. Menino, jovem, não caia aos pedaços.

"Por que não vamos ao hipódromo qualquer dia neste verão?", ele falou.

Martin pediu outra cerveja e arreganhou os dentes. "Vamos deixar pra julho, quando o trabalho estiver mais folgado. Vou levar uma graninha e apostar pra valer. Com alguma sorte, podemos celebrar com um filme e um jantar em Boston..." Martin mergulhou em sua cerveja. "De pé faz tempo?"

"Eu me levantei às nove", Peter mentiu. "Encontrei a Eleanor agora mesmo, faz pouco. Mais alguns minutos e vou pra casa. Vou dar uma boa nadada esta tarde..."

"Eleanor é uma garota bonita. Onde ela está trabalhando agora?"

"Na Webber's... vendedora."

"Não nade demais neste verão. O treinador me disse, mês passado, que não era bom para os músculos de corrida..."

"Eu sei. Eu pego leve. Vou treinar por conta própria no mês que vem. Uma corrida por dia."

"E...", Martin riu entre os dentes, "vá devagar com a cerveja."

"Não se preocupe", sorriu o filho.

"Dá só uma olhada nesse malandrinho!", Martin exclamou para McTigue atrás do balcão. "Meu garoto tem uma bolsa de atleta no Boston College e aqui está ele, entornando todas na primeira hora da manhã!"

McTigue riu.

"Ele parece estar em forma o bastante pra aguentar algumas, Joe."

Martin colocou o braço em volta do ombro do filho. "Você já ouviu falar deste rapaz, não é, Mac? Pete Martin."

"Ah... *claro*!", McTigue disse. "Já vi esse nome dezenas de vezes na página de esportes. Não sabia que era o seu filho, Joe."

"Pode crer que é! Nunca te contei? Campeão estadual de barreiras baixas quando estava no colégio aqui. Carta na manga do Boston College pra temporada indoor do próximo inverno. Ele vai entrar pro segundo ano no outono..."

"Ora, ora, ora."

"Pode crer, é o meu garoto..."

Eles tomaram outra cerveja, pai e filho, e saíram do bar. Na praça se separaram, Peter rumando para casa e cama por meio do ônibus da Wild Street, Martin rumando para seu honesto trabalho vespertino num ritmo veloz, de passos curtos. O sol dançava, enlouquecido pelo meio-dia. Peter esperou pelo ônibus num suor frio de cansaço, deixando de ser um mecanismo de impressões; ele era agora um amontoado de nervos estropiados, frouxamente apoiado no relógio da Praça. A vida o fatigara. Chega... agora ele estava pronto para a doce morte do sono, para a expressão nula e a impressão nula.

Ele cochilou enquanto o ônibus amarelo balançava na direção do rio, uma soneca curta e histérica aberrada por tangentes de ideia, névoas de imagem. A neurose espreitava por Galloway, um monstro grosseiro e preto de mais de dois metros com obscenos quadris largos, procurando por ele. A mão preta era estendida pela janela da cozinha e roubava a tigela de Wheaties com creme e a caixa com a foto de Jimmie Foxx. Garabed berrava enquanto Peter levitava céu acima com olhar maligno...

O ônibus sacolejou na via em reparo. Peter despertou, nervoso, e olhou os trabalhadores fervendo alcatrão preto na rua; uma lufada de calor de fornalha foi soprada para dentro pelas janelas abertas, e então o ônibus seguiu seu trajeto pela Wild Street entre as árvores.

4

Existe algo, no lar americano dos subúrbios, que cura todas as apreensões quanto à vida. Na tarde seguinte, Peter Martin já estava sentado em sua varanda com um copo de limonada, ouvindo a partida entre Red Sox e Detroit no rádio portátil.

As venezianas verdes de Tia Marie bloqueavam o sol das quatro horas à direita e o olmo dos Quigley proporcionava uma sombra esverdeada e mosqueada à esquerda. Kewpie, o gato, contemplava com desinteresse a rua tranquila de seu posto na frente da porta de tela. Uma mosca zumbiu na orelha de Peter, e quando ele abanou a mão para afugentá-la, fazendo a rede ranger com o movimento, Kewpie voltou para ele dois plácidos olhos verdes e o encarou no rosto, especulando.

Peter gostava de ouvir jogos de beisebol. Nas pausas, na falta de algo para dizer por parte do locutor, dava para ouvir as vaias das arquibancadas e dos bancos, os distantes discursos de motivação dos receptores e alguém ocasionalmente assobiando. Era um som vasto e sonífero.

"Dois *ball* e um *strike*...", dizia o locutor. Segundos depois, quase numa espécie de adendo distraído, ele ampliava: "Dois *ball* e um *strike*...". Segue-se um longo silêncio. Alguém, talvez o interbase, balbucia seu encorajamento monótono ao arremessador. Esse canto retorna várias e várias vezes, sem variação. Dá para ouvir o tilintar próximo de cubos de gelo enquanto o locutor serve para si um copo de água gelada. Bem distante, talvez das arquibancadas descobertas, uma voz solta um longo grito de guerra. Então alguém assobia...

"Lá vem", diz o locutor. Há um silêncio repentino. Blop!, na luva do receptor.

"*Strike* dois, *strike* direto, dois e dois."

E outra vez o vasto e sonolento emaranhado de sons no quente sol da tarde. O esquisito canto do interbase retorna, ouve-se um avião distante, e o técnico de primeira base solta um pio repentino para distrair o arremessador inimigo.

"Bridges está pronto... lá vem o arremesso."

Tac! O silêncio é interrompido por esse som e um entusiasmado grito em massa se ergue. A voz do locutor é quase abafada pela multidão: "Essa é longa... vai sair do campo pela esquerda... bem além...". Há uma confusão. A ação irrompeu sob o sol quente, ágil e virulenta, absolutamente determinada. "...Cronin está contornando a primeira... eis o lançamento... vai ser por pouco, muito pouco –" O público fornece a emoção da ação que se desenrola na segunda base, o locutor está arrebatado demais para conseguir transmitir o que vê. "Ele... está... A SALVO! A salvo na segunda, uma dupla..." Os longos aplausos decrescentes do público, que acabarão se dispersando em suspiros e ruídos de acomodação nos assentos retomados, começam agora, enquanto o locutor recompõe suas faculdades mentais. "Segunda base para o capitão Joe Cronin, uma longa rebatida para fora do campo pela esquerda..."

Dez segundos depois, a quietude retorna e os procedimentos recomeçam, os procedimentos que, durante uns mil e quatrocentos *innings* numa temporada de beisebol, devem ser executados devagar, cuidadosa e talvez letargicamente em cento e cinquenta tardes de sol quente, poeira de campo e multidões em mangas de camisa de um branco ofuscante. E pelo país todo, transmitido por milhões de aparelhos de rádio, em estações de bombeiros (onde os bombeiros descansavam em cadeiras atrás de seus caminhões em repouso, resplandecendo de tão vermelhos e violentos, no amplo frescor de concreto das garagens); em salas de bilhar onde as bolas estalam e os ventiladores giram; em bares frescos recendendo a cerveja, reluzindo de metal, onde os homens se sentam enfileirados nos balcões no mais completo silêncio; e nas varandas dos subúrbios, o grandioso e sonolento som do jogo de beisebol chega aos ouvidos dos americanos, os assobios distantes, o canto repetido e o blop da bola na luva do receptor.

Peter gostava de ouvir partidas, sobretudo quando estava quente demais para ler ou dar uma caminhada ou ir ao cinema. Ele conseguia se concentrar no drama do jogo sem prestar grande atenção, porque sempre era possível apanhar o fio da ação, depois de uma longa sequência soporífica, no instante do súbito rugido da multidão. Nos ínterins, você podia relaxar e se perder num devaneio qualquer.

Foi durante uma dessas pausas adormecidas, enquanto Peter terminava sua limonada, que Dick Sheffield subiu os degraus da entrada e parou. O sol bateu em seus cabelos cor de palha e produziu crespos cachos de ouro.

Peter levantou o rosto enquanto Dick fazia uma pose para deixar claro seu desprezo.

"O pária supino", ele disse, abrindo a porta de tela.

"Dick. Entre. O que você está fazendo?"

Dick se sentou no escabelo; ele nunca se permitia ficar confortável demais, estava sempre pronto para voltar ao uso de suas energias.

"Que tal o trabalho de gabinete?", Peter ralhou.

"Numa boa, numa boa, mas não vai ser por muito tempo. Eu estou de olho em algo realmente fantástico dessa vez." Dick fez uma pausa para reajustar sua posição. "A Polinésia, meu garotinho. Como você pode desperdiçar o seu tempo escutando uma partida de beisebol? Você pode conferir os resultados nos jornais..."

Peter acendera um cigarro.

"Do que é que você está falando?... A Polinésia!", Peter disse. "Outro dos seus planos malucos? Eu vou junto nessa viagem?"

Dick ficou meio ofendido. "Certamente você vai. Deixe tudo com o tio Dick... é só me seguir e você terá a maior aventura da sua vida. É simples. Nós vamos entrar nessa guerra antes que você consiga dizer Jack Robinson. Ok. Então você e eu nos alistamos no exército, e, quando a guerra chegar, bum!, estamos no meio de tudo. Você se lembra daquele filme sobre os soldados nas Filipinas, *A verdadeira glória*? Bem, Pete, é bem o que a gente precisa. Meu irmão conhece um cara que se alistou no exército no outono passado – e onde ele está agora? Nos trópicos, nas Filipinas, meu garotinho, em Manila..."

"Parece ótimo!", Peter disse. "A menos, é claro, que tudo entre em parafuso, como no último verão, quando a nossa ideia era pegar carona até Nova Orleans e..."

"É uma situação diferente, garotinho! Nós não juntamos a quantia de dinheiro que tínhamos em mente. Determinismo econômico... então não fomos pra Nola. Mas agora é o exército... entrar no exército não custa um centavo. E...", ele ergueu a mão para silenciar Peter, que abrira a boca para falar, "...não me venha com outros exemplos!"

"Aquela peça que nós íamos montar em Fordboro..."

"Eu sei, dinheiro de novo. Não tínhamos dinheiro suficiente pra montar a peça, e daí? Escrevemos o texto, não escrevemos? Desligue o rádio, ou coloque uma música ou qualquer coisa. Tem biscoitos em casa?"

"Tem", Peter falou entre os dentes.

"Pegue uns pra mim. Eu sei que a Tia Marie não está em casa, eu a vi na Praça vinte minutos atrás."

Os dois entraram pelo corredor fresco.

"Então", Peter disse, "você pegou o primeiro ônibus pra cá com a intenção de comer uns biscoitos."

"Correto em parte. Eu também estou com a tarde de folga. Greve na fábrica de seda. E, a propósito, esses biscoitos dela são bons. Ela colocou bastante chocolate neles como eu pedi?" Os biscoitos estavam na cozinha de cortinas brilhantes.

"Pode crer que sim", Peter disse, abrindo a caixa de pão. Ele tirou um prato de biscoitos embrulhado em papel celofane. "Leite?"

"Leite gelado?... Você consegue ler os meus sentimentos."

Dick se sentou no fresco e lustroso linóleo e começou a comer.

"Eu gostaria", ele disse, "que a minha mãe fizesse uns desses. Ouça...", brandindo um biscoito, "esse meu novo plano é o máximo. Queremos viajar, certo? Queremos aventura, estamos de saco cheio desse fim de mundo, certo? Então, vamos entrar no exército."

Peter estava de pé ao lado do guarda-louça, bebendo leite. Não conseguiu reprimir um sorriso escancarado diante de Dick.

"Quem vai querer ficar em Galloway a vida toda?", Dick continuou. "Nós não prometemos um ao outro que sairíamos mundo afora um dia? Por acaso nós tentamos embarcar num navio... quando foi isso?"

"Cinco anos atrás neste verão..."

"Ok, e nós éramos jovens demais, não nos deixavam zarpar. Os sindicatos e tudo mais. Por acaso nós tentamos embarcar num navio cinco anos atrás porque queríamos chupar dedo? Não, nós queríamos a vida real. Bem, aqui estamos nós, chegando aos vinte anos, ainda em casa, ainda em Galloway, o mais longe que já fomos para o sul é New Haven, o mais longe para o norte uma trilha até a parte baixa das Montanhas Brancas, o mais longe para o leste é Boston, e o mais longe para o oeste – Vermont! Que dupla de relaxados nós acabamos virando! Aqui estou eu, desperdiçando meu tempo num escritório de fábrica de seda, com os pés em cima da mesa o dia inteiro – e você! Dando uma de universitário modelo pra poder vender seguros depois de formado..."

Peter gritou aos risos: "Seguros! Cara, essa não é nem de longe a minha ambição".

"Dá tudo na mesma, você vai ver." Dick se levantou para pegar mais alguns biscoitos e então retomou seu assento no chão. "Nós somos um fiasco, nós dois. Eu sinto vergonha. A gente costumava dizer que iria pra Hollywood um dia, escrever, atuar, qualquer coisa que quisessem... que diabo, você acha que aquelas pessoas vão querer a gente agora, nós não vimos nada, não fomos a lugar algum, não vivemos e não amamos donzelas polinésias, nada!"

"Ok, Goethe, não se altere."

"Goethe nada, meu garotinho. Sheffield. Ouça bem, você e eu vamos pra Boston via dedão semana que vem e tratamos de nos alistar no Exército dos Estados Unidos, hein?"

Peter deu de ombros, retomando uma seriedade que ele jamais conseguia obter enquanto Dick se lançava num de seus longos monólogos.

"Sei lá, Dickie."

Dick se levantou e lavou seu copo vazio na pia branca.

"Eu sou parceiro pra fazer qualquer coisa durante o verão, você sabe disso", Peter prosseguiu num tom reflexivo e preocupado. "O verão representa um período de licença daquilo que poderíamos chamar de minha carreira... hmm! Sei lá... Depois disso, preciso retornar aos deveres de bolsista, pista, estudos e tudo mais. Eu detesto mesmo aquele lugar! Quero dizer, a faculdade em si..."

"Claro que você detesta", Dick afirmou, recolocando os biscoitos na caixa de pão. "A faculdade não é lugar para um cara como você e eu. Você cede todos os seus maiores talentos lá."

"Para quê?"

"Ora, que diabo, para um sistema de concessões chamado sociedade."

"Você anda lendo John Dewey."

Dick se deslocou pelo corredor: "É fato. Que diabo existe de bom na vida se você não a vive plenamente? Jack London sabia viver, Halliburton, até Heródoto... isso era um homem! A faculdade que vá pro inferno! Alguma vez eu te aconselhei a ir pra faculdade?".

Peter arreganhou os dentes.

"Não", Dick disse. "Você deixa que as circunstâncias te arrastem pelo caminho. Seja como Hamlet... despiste as circunstâncias."

Os dois se sentaram na rede.

"Meu pai teria um ataque do coração", Peter disse, "se eu abandonasse a faculdade. Ele está depositando todas as esperanças em mim depois que Wesley se mandou. Ele quer que eu suba na vida."

"Suba na vida!", ele repetiu. "E por acaso você está subindo na vida? Não você... Wesley! Eu estava lendo *Lawrence da Arábia* esta manhã no meu escritório. Ora, que diabo..."

"Você é um romântico incorrigível", Peter o interrompeu.

"E daí?", Dick perguntou, fazendo uma pausa de efeito. "Os românticos têm mais conteúdo na cachola do que os outros. Aqueles que riem dos românticos não passam de bancários invejosos e escritores fracassados que viram críticos. Um romântico é um realista que vai fundo e vive de modo que consiga aprender mais sobre tudo. Quem, na verdade, sabe mais sobre o realismo do que o romântico? Por acaso vão te fazer essa pergunta no Boston College?"

"Pertinência, sabedoria, Dick, e as virtudes associadas."

"Claro! Eu sou um tio pra você, fique bem pertinho que você vai aprender tudo a respeito. Você não aprendeu absolutamente nada desde que entrou na faculdade. Outra noite eu estava quase te ligando pra te dizer isso."

Diane Martin vinha subindo a rua com uma colega da escola. Peter as observou, duas garotas carregando livros, caminhando sob as árvores ricamente frondosas com atitudes de completa despreocupação, alheias a tudo exceto Galloway e seu mundo escolar, datas e bailes e uma roupa nova para a Páscoa.

"As Filipinas, Pete", Dick estava dizendo. "É justamente o que a gente precisa, e eu soube direto do meu irmão. Ele está na Califórnia e sabe das últimas... os japoneses estão sedentos por guerra. É uma oportunidade perfeita pra gente."

Peter sacudiu a cabeça devagar, um gesto que fazia invariavelmente quando tomava consciência das misteriosas contradições da vida. Sua irmã Diane e o mundo dela; e Dick, que sempre ansiara pelo fantástico e pelo perigoso. Uma garota cujos principais interesses eram tão incompreensíveis para Peter, e mesmo assim tão fácil de definir, a ponto de fazê-lo pensar, às vezes, que todas as mulheres eram essencialmente como Diane e que ele sempre conheceria e identificaria, mas jamais entenderia, as peculiaridades das mulheres. E eis Dick sentado aqui, pensando sobre as coisas e almejando por coisas que Diane nunca entenderia e – por causa disso – nunca aceitaria como parte do esquema da vida, ao passo que Dick só poderia ignorar Diane e aquele mundo na fúria de sua imaginação e de sua energia criativa, e, se chegasse a ficar ciente do mundo dela, do mundo daquela garota de cidade pequena, só poderia expressar escárnio e seguir em frente com suas preocupações.

Diane e sua companheira subiram os degraus da varanda e abriram a porta de tela. Dick levantou o rosto por um momento e proferiu uma saudação típica de sua impetuosidade abrangente.

"As damas chegaram... e aí, Diane!"

"Oi, Richard", Diane falou com ar sério, ignorando a galantaria, ao passo que a outra garota virou a cabeça dando risinhos. "Como vai a Annie?"

"Muitíssimo bem", Dick sorriu.

E com isso Diane entrou em casa, seguida por sua colega acanhada.

"Tudo que você precisa fazer é se decidir", Dick dizia agora. "Eu sei como é. A sua decisão envolve mais do que a minha envolveu. Com você é: 'Devo eu largar a faculdade e entrar no exército?'. Comigo é apenas: 'Devo eu entrar no exército?'. A propósito, vou aparecer domingo à noite para aquela partida de desempate no xadrez. Você me deve duas pratas e meia!"

Peter assentiu, observando Dick.

"Se a greve durar a semana toda, eu apareço uma noite dessas e a gente sai pra nadar no riacho, talvez o poeta louco Garabed vá junto, hein?"

"Vai, sim; ele está sempre perambulando pelas redondezas."

"Bem", Dick disse. "Como dizem nos filmes de caubói quando o vilão sai da casa do fazendeiro honesto, dê uma boa pensada!" Ele riu e se levantou, balançando a rede para lá e para cá de modo a embalar Peter. "Eu sou uma péssima influência. Cuidado comigo. Lembra aquela vez que eu induzi você a subir naquele telhado de galinheiro durante a enchente e nós quase não descemos quando ele começou a flutuar corredeira abaixo?"

"E como!"

Dick foi até a porta e saiu rumo à rua.

"Eu te acompanho até o ônibus", Peter disse. "E quanto a ser uma péssima influência, quem foi que iniciou você na carreira alcoólica? Eu fui o primeiro a embebedar você... você se lembra daquele litro de Calvert's?"

Dick fez uma careta. "Não é pra mim. Eu me mantenho em forma para o futuro..."

Os dois desceram a North Street na direção da parada de ônibus. Àquela altura, o sol perdera sua fúria vespertina; no alto, pesadas folhas aglomeradas pareciam suspirar com suave alívio, pendendo em verde profusão, esperando pelo refluxo do calor e do fogo solar.

Dick e Peter ficaram aguardando na parada de ônibus. Dick havia tirado sua grossa carteira do bolso, e examinava um papel.

"Eu tenho aqui uma oferta, Pete, que pode vir a calhar – no caso de a gente decidir adiar o exército por um mês ou dois. É um emprego com salário decente..."

"Que tipo de trabalho?"

"O melhor! Labuta ao sol. Aquele construtor francês de Riverside pegou a obra. Construir uma cerca de arame em volta do Estaleiro de Portsmouth em New Hampshire – bem perto de Kittery, no Maine. Eu poderia dar um trato no velho Buick e dirigir pra lá todas as manhãs – pelo menos quarenta pratas por semana. Que tal a ideia? Seria bom pra você, garotinho, ficar duro que nem pedra e torrado de sol."

"Parece bom."

"Aí vem o ônibus. Bem, Pete, eu apareço de novo esta semana, talvez. Pense bem em tudo."

"Sabe", Pete disse, "a sua família nunca deveria ter se mudado da North Street. Por lá, em West Galloway, tudo que as pessoas fazem é ir à igreja. A gente não se vê mais – lembra quando eu te visitava todas as noites depois da janta? Bons tempos..."

Dick levou a mão à boca e soltou o grito secreto deles, um iodelei curto. O ônibus parou junto ao meio-fio e escancarou suas portas, e Dick se jogou para dentro. Ele pagou sua passagem e se precipitou até os fundos do ônibus, onde enfiou a cabeça para fora da janela e soltou outro iodelei, abanando a mão. O ônibus saiu rosnando rumo à cidade.

Peter arreganhou os dentes. Dick era o tipo de sujeito que pouco se importava com aquilo que pessoas desconhecidas poderiam pensar dele ou de suas palhaçadas. Ocasionalmente, ele ainda exibia as fanfarronices e bazófias de sua infância. Agora, Peter imaginou, Dick estava se acomodando no assento, e, para os passageiros do ônibus que o observavam com o distanciamento irônico de um espectador do entusiasmo emocional, ele muito provavelmente dirigia um olhar franco e afável.

Assim era Dick, Peter assentiu consigo mesmo enquanto retornava pela rua. Nervoso, enérgico, ele ainda jogava a mão para o alto convulsivamente quando alguém fazia um movimento com a própria mão, como se Dick não tivesse deixado de ser um menino tentando se defender de pancadas, imaginárias ou não, um gesto que ele desenvolvera quando integrante da gangue da North Street. Havia uma qualidade infantil que ele nunca perderia, a bazófia em seu jeito de caminhar, seu costume de inclinar o chapéu quando se dava ao trabalho de usá-lo, e a mão nervosa disparando para o alto de modo a rechaçar as pancadas que já não eram intencionais.

Dick Sheffield era o típico "esboçador". Ocupava muitas de suas horas esboçando projetos destinados a jamais vir à luz, desenhava gráficos e, como acontecia em seus tempos de menino, fazia mapas das viagens projetadas. Não era que ele fosse um fracasso, que seus "planos" se tornassem uma mera série de tentativas abortadas; era só que ele designava funções demais para si mesmo, e seus vastos amontoados de projetos que não davam em nada revelavam o retrato de um homem sozinho tentando viver cem vidas.

A verdade era que Dick tivera mais vida quantitativa do que qualquer jovem na cidade. Uma pequena porcentagem de seu vasto programa proporcionava, mesmo assim, uma imensa e variada atividade. Ele havia, além de ganhar seu sustento trabalhando em empregos com os quais ninguém mais teria sequer sonhado, mecânico-assistente na estação de rádio embora ele não soubesse quase nada sobre rádio, e atualmente um inspetor de seda na fábrica de seda no centro de Galloway, sendo que ele realmente não sabia coisa alguma sobre seda – outro jovem de sua região e casta teria procurado uma vaga de operário comum na fábrica de seda –, ele havia, ao longo dessas ocupações altamente especializadas, dado um jeito de experimentar quase tudo que a cidade oferecia. Para a Associação dos Atores, escrevera diversos roteiros curtos e interpretara papéis secundários naquilo que ele denominava uma preliminar para Hollywood; havia viajado a Boston no verão anterior, com Garabed Tourian, e convencera o diretor da pequena faculdade que Garabed frequentava – Greenleaf College, voltada principalmente ao teatro e às artes – de que ele preenchia esplendidamente os requisitos para uma bolsa de estudos, e, quando o diretor lhe escrevera uma carta encorajadora mais para o fim do verão, marcando o triunfo da brilhante personalidade de Dick, Dick já se lançara em novos projetos e ignorou completamente a oferta da bolsa de estudos. Por diversos meses, perplexos espectadores do National Theater – o cinema mais barato de Galloway, frequentado por crianças e velhos mendigos – avaliaram os atributos do espalhafatoso e esquisito espetáculo amador conduzido por certo sorridente, jovem, alto e louro mestre de cerimônias que atendia pelo nome de Richard

Reynolds (os dois primeiros nomes de Dick). Mais tarde, no Paramount Theater, o melhor de Galloway, Richard Reynolds Sheffield presidira os bastidores, em meio aos cenários e acessórios de cena, do espetáculo anual da Devon Association – muito embora, até onde Peter sabia, Dick soubesse muito pouco sobre essas coisas, certamente bem menos do que o diretor de cena de Boston que supervisionara o trabalho dos bastidores ano sim, ano não desde 1932.

Entre outras coisas, em 1940 Dick havia pintado na chaminé da fábrica de algodão, com um camarada de West Galloway, uma suástica enorme que chegara à primeira página do *Galloway Star* e criara especulações desenfreadas na cidade durante as semanas seguintes. A polícia continuou investigando o caso muito tempo depois de os operários terem apagado a tinta...

Peter retomou seu assento na rede da varanda e ouviu os momentos derradeiros da partida de beisebol. O ar se refrescara imperceptivelmente, havia uma quietude na North Street, pressagiando o alvoroço de verão.

A visita de Dick agravara certas dúvidas que se mantinham à espreita na configuração mental de Peter. Ele sabia, agora, que estava prestes a passar por um longo reexame dos rumos de sua vida. Era inevitável: pequenas coisas apontavam para direções erradas, e os acontecimentos se misturavam de um modo não suave, mas rascante.

No dia anterior, por exemplo, no bar com seu pai, Peter sentira um ressentimento nada pequeno com a conversa sobre seu futuro como atleta de corrida do Boston College. Na verdade, o que eram essas coisas para alguém que lia *Fausto* com inveja no coração? Para alguém que contestava, palavra por palavra, com Hamlet, as indignidades, as hipocrisias e os desafios da vida em Elsinore mil anos atrás? Astro das pistas, ora essa!

As instigantes provocações de Dick enfiavam o dedo numa ferida aberta – uma ferida no currículo da circunstância. Era uma indignidade você ser impelido, como um boi, pela vara brandida em nome do "faça-algo-da-sua-vida". Fazer o quê? "Suba na vida!" – ora, subir para onde, se não para os montes da Arcádia? "Seja um sucesso." Essa não era a expressão corriqueira daqueles que jamais alcançavam o sucesso interior, daqueles que, por não conseguirem chegar a um acordo consigo mesmos nos planos espiritual e moral, precisavam se cobrir com trajes sociais de modo a não se mostrarem como completos fracassos, e na maioria dos casos, de fato, de modo a parecerem supremamente vitoriosos?

Mas aqui Peter detectou sinais de revolta juvenil, algo totalmente dissociado da razão. Reajustou suas concepções e emergiu com o que lhe pareceu ser a verdade da questão: certas pessoas queriam "subir na vida", queriam isso que ele acabara de definir, de maneira vazia, como "sucesso exterior"; simplesmente, ele não queria "subir na vida", mas queria encontrar algum modo de vida que pudesse corresponder a cada empenho seu, que pudesse reagir a seu tipo de atividade, o qual, embora ele não fizesse a menor ideia, por enquanto, quanto à natureza do empenho e da atividade que atribuía para si, certamente ofereceria recompensas mais ricas e honestas do que o modo de vida que se abria diante dele como um portal para o Limbo.

Sim, aquilo não lhe servia. A palavra era Limbo, um lugar onde as almas ansiavam num vácuo. Ele, Peter Martin, que adorava as questões da mente e da alma, frequentava uma faculdade – certamente nada pior do que qualquer outra faculdade americana – que fomentava apenas a matemática e a metafísica para a mente, e a igreja católica romana para a alma.

Ele desejava o sucesso interior e – como todos os jovens – não via razão alguma para admitir que o sucesso interior só poderia ser conquistado às custas do sucesso exterior. Ambos estavam ao alcance, ambos estavam disponíveis, até onde ele conseguia ver. Por que não?

Agora ele avaliava a proposta de Dick. Sentiu uma agitação nos intestinos, e, uma vez que lera em algum lugar que os chineses consideram o trato intestinal a fonte da excitação criativa, concluiu que a proposição de Dick era criativa. Ele sabia disso sem precisar recorrer aos chineses. Dick era um artista da vida, isto é, um mestre na arte de viver. Sua constante jovialidade, mantida a despeito de uma inteligência comparável à de certas pessoas que sofrem por "saber demais", indicava que, por meio de algum ardil mefistofélico, ele triunfara sobre o cinismo e o sentimento da desgraça, e estava, assim, preparado para aceitar a vida e tocá-la em frente com uma graça bastante alegre.

Ou seria Dick somente um rapaz bobo de cidade pequena que considerava o mundo um parque de diversões para qualquer um? Sua proposição a Peter de jogar a faculdade pela janela e entrar no exército era uma ideia boa e criativa, continha um milhão de promessas sutis... ou assim talvez fosse apenas para Dick.

Pois agora Peter contemplava, na projeção de sua mente, a enorme complexidade relacionada àquilo que lhe parecera ser, a princípio, uma decisão simples. A pergunta que Dick apresentara, "Deve você largar a faculdade e entrar no exército?", agora assumia uma dúzia de fases entremeadas.

Peter sorriu em sua perplexidade. O que diria seu pai? E Tia Marie? Como seria sair de casa, afinal, e mergulhar no regime do exército, onde o indivíduo perdia o direito de exercer suas próprias prerrogativas? Os Estados Unidos entrariam na guerra? E, se entrassem, de que modo ele, um sonhador, um ponderador, poderia virar um matador e um soldado? E, se não pela guerra, por quanto tempo o exército contrataria seus serviços? Alguns anos? Nesse caso, quantos anos ele passaria distante do padrão de vida do qual precisava – o padrão de estudo e preparação para uma carreira vagamente direcionada às letras –, que ele forjara estudando para obter uma bolsa no Boston College enquanto terminava o colégio?

Sua vida, ele agora percebia, tinha sido simples até ali. Era uma ideia espantosa para quem havia se considerado, nos últimos tempos, imensamente complexo.

A complexidade só encontrara espaço dentro dele. No sentido real, sua vida, nos anos recentes, tinha sido tão propositada e humilde quanto a vida de um jovem caixa de banco que trabalha ano após ano e espera pelas promoções periódicas. O caixa de banco buscava em seguida ser promovido a chefe dos caixas; Peter buscava em seguida se elevar à condição de segundanista e ganhar uma posição na equipe principal dos atletas da universidade. Qual era a diferença?

Era o mesmo raciocínio pesadão e desanimado.

Peter ficou deprimido. Entrou em casa e subiu as escadas para cair na cama. Aquelas perguntas – e muitas outras – o esmagavam: ele sabia que levavam a outras perguntas de uma natureza mais abstrata – perguntas que culminavam no genérico "por quê?" dos filósofos em relação à vida.

Estava quente no quarto, o sol trespassava a atmosfera de fornalha num penetrante dardo de calor escaldante, e a brisa era como um sopro cálido. Peter tirou sua camisa leve e a jogou longe.

Ele estava irritado. Era hora de parar de pensar, de descartar as considerações prévias, de chafurdar na ação. Talvez Dick tivesse razão, mas, tendo razão ou não, aquele não era o momento para pensar sobre qualquer coisa, para decisão alguma, meditação alguma.

Naquela noite, depois do crepúsculo, o frescor se infiltraria no ar. Sobretudo em South Galloway, onde Helen O'Day morava, naquela casa junto ao rio Concord, onde os remos de Thoreau ainda assombravam a noite veranil. Aquele era o último dos verões esplêndidos para Peter. Pois bem, então, chega de autoflagelação, de dúvida e das profundas e inquietantes premonições de mudança... Hora de júbilo e despreocupação! Era tempo de Helen O'Day, e tempo suficiente para Eleanor; tempo para tudo e para qualquer coisa...

Tia Marie estava em casa. A azáfama da preparação do jantar havia começado no andar de baixo. Peter se levantou.

Na cozinha, Tia Marie fazia os bifes de hambúrguer enquanto Diane descascava as batatas. Peter bebeu um copo d'água.

"Estou com fome", ele disse.

"O que você andou fazendo a tarde toda?"

"Nada... escutei o jogo de beisebol. Dick Sheffield esteve aqui..."

"Aqui", Diane disse, "coloque estas batatas no fogo. Preciso dar um telefonema."

Peter ficou em volta enquanto Tia Marie levava um fósforo aceso aos condutores de gás. Ela disse: "Comprei no Bingham's uns morangos grandes, lindos...".

"Bolo de creme!", Peter sorriu, dispondo as batatas no forno.

"O que Dickie está fazendo neste verão?", ela perguntou.

"Ele está trabalhando no escritório da fábrica de seda. Mas me falou que está pensando em entrar no exército..."

Tia Marie olhou com desconfiança para o sobrinho e fez uma pausa diante do fogão. "Exército!", ela disse. "Ele está tramando o quê, agora? Esse garoto é louco de pedra. Sempre fazendo as coisas mais inesperadas..."

"Ele pode mudar de ideia, sabe", Peter falou entre os dentes.

Tia Marie sacudiu a cabeça e comprimiu os lábios. "Peter, não ouse dar ouvidos a ele. Ele está sempre se metendo em encrenca. Por acaso ele...?"

"Não", Peter sorriu, provocando-a. "Não. Por acaso eu falei que ia com ele?"

"Você não falou que não ia!"

Peter soltou um risinho.

"Ele tentou enfiar alguma ideia na sua cabeça?"

"Não", Peter disse, batendo com o pé. "Não acabei de dizer? É só uma ideia que ele tem. Não falei que ia com ele."

Tia Marie ainda estava desconfiada. "Esse garoto não se dá conta de que nós poderemos entrar nessa guerra mais cedo ou mais tarde? Ora, o que é que ele faria no exército se a guerra chegasse? Ele faria o quê?"

"Lutaria", Peter sorriu.

"Ele não sabe o que poderia acontecer?", Tia Marie prosseguiu, ignorando a observação de Peter. "Que tipo de garoto tolo é esse? Sumir de casa numa época perigosa que nem essa! A pobre mãe dele pensa o quê?"

"Ela não sabe..."

"Você tem razão, ela não sabe das ideias tolas que circulam pela cabeça do filho. Pois me ouça bem, Peter Martin, eu não quero que você leve a sério esse menino! A vida toda ele só se meteu em confusão... como aquela vez em que ele fugiu com o irmãozinho e a polícia precisou fazer buscas nas matas por dias..."

Peter riu: "Ele ia subir o rio num barco a remo. Eles estavam bem... Dick sabe se cuidar".

"Peter", Tia Marie disse num tom que indicava o encerramento do assunto, "você não tem tempo pra ficar dando atenção a qualquer uma das ideias malucas do Richard. Você tem o seu trabalho por fazer, um pouco de estudo neste verão, e precisa se manter em boa condição para o atletismo. Dick Sheffield não tem nada no mundo pra fazer a não ser acalentar os planos malucos dele. *Você* tem a sua carreira universitária pra se preocupar. Está me ouvindo?"

"Sim, sim", Peter foi dizendo enquanto se retirava para a sala da frente. "Não se preocupe com isso. Eu sei o que estou fazendo."

Ele se sentou na poltrona e fez uma carranca na direção da cozinha.

"Eu sei o que estou fazendo." Em seguida, num resmungo baixo: "Não precisa falar comigo como se eu fosse uma criança. Me deixe em paz!".

Tia Marie ainda estava falando a respeito na cozinha, mas Peter parou de prestar atenção e se concentrou no jornal. "Está me ouvindo?", imitou com fúria. "Eu tenho meu próprio discernimento", anunciou baixinho, chiando de um modo melindrado. "Será que ninguém respeita o meu discernimento por aqui? Que droga, não sou criança faz tempo. Se eu quiser conversar com Dick Sheffield, converso com ele a semana inteira. E pronto! Mesmo que eu quisesse entrar no exército com ele, por Deus, eu entraria! Pois bem!"

Ele devolveu suas atenções ao jornal e leu o editorial do *Galloway Star* sobre o front russo-alemão: "...os monstros se voltaram um contra o outro. Dentro de três semanas, é altamente provável que o monstro da Wehrmacht terá devorado o monstro do Exército Vermelho. Estima-se que Moscou vá cair em uma semana, Smolensk está cercada por todos os lados. Quando chegar ao fim essa guerra curta, mas terrível, o mundo se verá defrontado com o quê? Com o colapso da Rússia, a Alemanha terá a Europa em suas garras, marcando a mais grave situação da Inglaterra desde Dunquerque. Aos Estados Unidos, no além-mar, só resta esperar pelo melhor. O mundo aguarda em suspense...".

Joe Martin entrou na sala da frente e jogou o casaco e a gravata no sofá. Freneticamente, sintonizou o rádio para conferir os resultados do turfe.

"Fiz umas apostinhas pra corrida de Narragansett", murmurou.

Diane finalizara um telefonema interminável para uma de suas amigas da escola. O jantar estava pronto.

"Joe, Peter", Tia Marie chamou da cozinha. Como sempre, com o jantar pronto, Martin rabiscava com um lápis, de orelhas em pé diante do rádio; e Peter, avidamente, lia notícias sobre as mais recentes peças da Broadway numa coluna de distribuição nacional.

Como era o costume, Tia Marie os chamou pela segunda vez, dizendo "a comida de vocês vai esfriar!", acréscimo ao qual pai e filho resmungaram em resposta, mas sem se mexer um centímetro. Veio o ato final: Tia Marie se postou no vão da porta e gritou. Pai e filho levantaram o rosto com estupefação e afinal se moveram.

5

"Esse Beaverbrook, *Lord* Beaverbrook!", Martin rosnou diante de seu prato. "*Quem* esse desgraçado acha que é, aparecendo por aqui e tentando levar este país à guerra! É muita cara de pau!"

"Trate de comer a sua janta e calar a boca", Tia Marie disse.

Martin apontou seu garfo para Peter: "Pois você ouça o seguinte. Na última vez que a Inglaterra pediu a nossa ajuda pra sair de uma de suas encrencas europeias, nós fomos trouxas o bastante pra cair nessa – veja bem, não que os Estados Unidos não sejam o tipo de país capaz de conceder um favor. Mas ouça! A Inglaterra é uma valentona, o sol nunca se põe naquilo que ela roubou. Quando dá uma de valentona pra cima de outro país e esse país revida, a Inglaterra dá meia-volta e vem correndo atrás de ajuda. Mas por acaso ela pede a nossa ajuda? Ela pede com humildade? Não, ela nos insulta, nos diz que é um privilégio ajudá-la, envia homens como Beaverbrook para escarnecer e zombar sob o nosso teto, fazer discursos ofensivos. Veja o retrato dele no jornal! Você já viu alguma vez na vida um inglesinho mais presunçoso?".

Diane, tendo escutado seu pai seriamente até aquele ponto, comentou agora: "A srta. Walton nos disse hoje, na aula de História Moderna, que a Inglaterra atacou os bôeres porque eles não queriam abrir mão de sua independência... foi de 1899 a 1901".

Martin largou seu copo de limonada na mesa com um estrondo.

"E você diz isso pra mim?!", ele exclamou. "Meu pobre pai costumava só falar nisso o dia inteiro. Eu tinha mais ou menos a idade de Peter, mas não tinha estudo nenhum e passava o meu tempo todo trabalhando doze horas por dia nas fábricas de algodão..."

Peter se irritou. "Não se desvie do assunto."

"Meu pai sabia o que estava acontecendo lá na África do Sul... talvez o único homem em Galloway, em 1899, que realmente se informava e refletia sobre os acontecimentos mundiais. E ele sabia o que os ingleses eram capazes de fazer, conhecia a verdadeira índole deles. Foi na juventude dele que os ingleses massacraram todos aqueles pobres pretos egípcios no Sudão. Meu pai *odiava* os ingleses! E não o culpo nem um pouco!"

"O imperialismo vai acabar em breve, então não se preocupe com isso", Peter disse, sorrindo dentro do copo.

"Ah, você acha? O Império Britânico ainda está por aí, não está? A ganância inglesa continua firme na Índia, aqui no nosso pobre Canadá, no Oriente na China e em Cingapura, por todos os cantos no céu e no inferno, na África, por tudo! Agora estão em apuros de novo – claro –, então levantam uma cortina de fumaça e aparecem por aqui farejando pelos cantos. Vão nos meter em encrenca antes que saiam da encrenca..." Martin suspirou diante do inevitável. "E aí nós teremos guerra de novo. É sempre o povo, é sempre a massa que acaba levando no lombo no longo prazo."

"Bem, você nunca pensa no povo inglês, na massa inglesa?"

"Eles levam no lombo também."

A discussão estava encerrada. Martin e seu filho sempre concordavam quando a política, os assuntos de Estado e o "vigor e relevo" dos grandes acontecimentos mundiais se reduziam ao sofrimento, à persistente preparação de terreno das massas do mundo, o pai com tristeza, o filho com ar conhecedor.

"*Le pauvre peuple*", Martin suspirou, recaindo no francês de seu pai. "*C'est toujours le pauvre peuple à la fin du compte, et puis ça cera toujours la même pauvre vielle histoire... toujours le peuple. Ah misère...*" *

---

* Do francês: "O pobre povo. É sempre o pobre povo no fim das contas, e depois vai ser sempre a mesma pobre história velha... sempre o povo. Ah, desgraça...". (N.T.)

E aqui, por mais esquisito que fosse, Tia Marie assentiu numa trégua com seu irmão. Emergiu certa espécie de antiga consanguinidade entre os dois, como sempre ocorria por ocasião dos retornos de Martin à língua de sua família, uma consanguinidade perdida e estranha no mundo do presente. A cena tinha o mesmo efeito em Peter a cada vez que era representada por seus parentes, como aquelas nas quais era feita menção a Wesley, seu próprio irmão... um estranho sentimento místico que retornava como a memória de canções antigas, muito antigas, ou a visão de uma remota fotografia de família estampada no velho, pardo e daguerreotipado mundo do passado.

Peter se retirou da mesa de jantar e subiu para seu quarto num semitranse.

"*Le pauvre people*", ele murmurou, sacudindo a cabeça para imitar seu pai. "*Ah misère...*"

Ele se sentou em sua poltrona e, pela primeira vez em meses, acendeu seu velho cachimbo. Torcendo o corpo, contemplou a vizinhança pela janela. As árvores se encrespavam silenciosamente conforme o sol baixava, difundindo uma incandescência mais vermelha; um regimento de nuvens, em coloração azul, laranja e branca, migrava devagar na direção do sol. Longínquo, no rio, um barco a motor roncava placidamente.

"*Ah misère...*", Peter suspirou. Talvez de bobo seu pai não tivesse nada. Mal informado politicamente, isso sim... mas essa era a sina do trabalhador naquela era ou em qualquer era precedente, estar errado na política. O trabalhador produzia; o político fazia outra coisa... *ele* era um tirano, ou então passava o tempo desfrutando das benesses de seu cargo. Mas o trabalhador apenas produzia. E então vinham as guerras, os políticos as declaravam e os trabalhadores as lutavam. Por quê? "*La même pauvre vielle histoire...*"

Havia uma sabedoria em tudo aquilo, um profundo senso de ironia exclusivo de seu pai, talvez inequivocamente gaulês de um modo geral. O jeito de sacudir a cabeça. Que tema para uma pintura!... Um trabalhador sacudindo a cabeça, ou melhor, um velho camponês francês com os anos sulcados no rosto, sacudindo a cabeça e acrescentando a isso um gesto que Martin fazia com frequência, manter os ombros levantados num encolher letárgico, tudo aquilo indicando um conhecimento profundo, antigo, preservado na raça francesa – o conhecimento de Voltaire, de Molière e Balzac, o jubiloso deleite com aquele conhecimento, de Rabelais –, de que o povo, de que sempre as pobres massas levavam a pior no final.

Eis uma lição para Garabed, por Deus. Mas Garabed já teria sua resposta pronta. O encolher de ombros gaulês? A ironia dos franceses? E o que dizer da Revolução Francesa e da Comuna de Paris? E o que dizer disso e daquilo? O Grande Movimento Liberal segue em frente! Até os franceses sabem disso! Ora, Pete, os franceses são o povo mais democrático e vital do mundo! A Queda da França que se dane! Veja o combatente exército francês de Leclerc, se agrupando na África. De Gaulle está em Londres. Veja a resistência francesa! O que dizer de tudo isso?...

Não havia espaço aqui, no sistema lógico de Garabed, nas lógicas dele e de todo o mundo contemporâneo, tão vitais e enérgicas, tão progressivas e agressivas, para o velho camponês francês com o rosto sulcado sacudindo a cabeça e encolhendo os ombros, e dizendo: *"C'est toujours le pauvre peuple à la fin du compte..."*. *No fim das contas, é sempre o povo.*

Peter se levantou e se recostou na parede, contemplando a rua quieta lá embaixo. Seu quarto havia se obscurecido. O sol ficara imenso e de um vermelho embaçado, uma brisa deflagrou o balanço das folhas nas árvores, e logo chegaria o crepúsculo veranil. As vozes lá embaixo subiam suavemente no ar suave. Uma tenra mortalha estava sendo baixada sobre aquela vida. Com a escuridão, e com o cheiro e a sensação correspondentes, viriam os velhos sons da noite veranil dos subúrbios americanos – o tilintar dos refrigerantes, o ranger das redes, as vozes abrigadas pelas telas das varandas escuras, o *staccato* entusiasmado do rádio, um cão latindo, o peculiar choro noturno de um menino e a branda canção sibilante das árvores: uma música mais doce do que qualquer outra coisa no mundo, uma música que pode ser vista – profusamente verde, folha sobre folha tremente – e uma música que pode ser cheirada, recendendo a trevo fresco, penetrante de certo modo, e extremamente rica.

PARTE II
Esboços e reflexões

Enquanto navegava para Liverpool como marinheiro mercante em 1943, Kerouac devorou *The Forsyte Saga*, de John Galsworthy, que estimulou seu próprio interesse por criar uma saga de romances em vários volumes. Incitado pela façanha de Galsworthy, Kerouac retornou a Nova York decidido a tramar os acontecimentos e personagens de um universo literário em permanente evolução ao longo de uma sequência ou série de livros. Como fica claro em documentos de planejamento como "Para *A vida assombrada*: A Odisseia de Peter Martin" e "Para *A vida assombrada*", Kerouac estava determinado a expandir sua história da família Martin, tal como registrada pela primeira vez em *O mar é meu irmão*, de 1942, nessa saga de vários volumes. Os textos seguintes, uma seleção de esboços e reflexões, documentam suas tentativas iniciais no modelo da saga conforme elas foram se desdobrando ao longo da década – tentativas que culminaram na redação do primeiro esboço de *Cidade pequena, cidade grande*, concluído em 1948.

    Os documentos preparatórios de Kerouac para *A vida assombrada* identificam a guerra como um dos principais catalisadores da transformação histórico-social. No caso da Segunda Guerra Mundial, Kerouac atribuía a inevitabilidade de tal transformação à "grande migração cruzada" de toda uma geração aos teatros de guerra, às bases militares e aos centros de produção bélica. Certamente se pode argumentar que o interesse de Kerouac pela atividade nômade como um poderoso agente de transformação pessoal estava enraizado nessas reflexões sobre as migrações dos anos de guerra. Além disso, sua visão da guerra como catalisadora da modernidade pode explicar, em parte, seu abandono do realismo e do naturalismo literário por ocasião da conclusão de *Cidade pequena, cidade grande*. Nas páginas derradeiras desse romance, Kerouac retrata Peter pegando carona nas rodovias da nação usando uma jaqueta preta de couro, sinalizando uma nova estética de mobilidade e velocidade que seria mais plenamente lapidada em *On the Road*.

Os documentos preparatórios sobreviventes de *A vida assombrada* são sucedidos, nesta seção, por "Pós-Fatalismo", um precoce tratado metafísico e cosmológico no qual o jovem Kerouac valoriza a determinação individual em oposição ao esmagador arbítrio do universo e da civilização humana. Na última frase desse documento, ele imagina um Wesley Martin romanticamente enredado nessas atemporais lutas humanas. Em "Exercício de datilografia", encontramos Kerouac meditando sobre suas intenções para *Galloway*, outra das primeiras incursões na saga da família Martin – uma saga que o aspirante a escritor veio a considerar como um teste de seu ímpeto criativo. Como tal, o documento proporciona um vislumbre das inseguranças do jovem autor, à medida que ele expressa duvidar se o tema escolhido – a vida em Lowell, Massachusetts – não será "provinciano" demais para interessar a seus compatriotas americanos. Nesse mesmo documento, Kerouac faz uma referência passageira, mas significativa, a Allen Ginsberg, e é durante esse exato período que a obra de Kerouac coloca em evidência literária, pela primeira vez, o mundo em formação dos escritores beats de Nova York. Esse mundo serve de base para "O sonho, a conversa e o ato" (com Lucien Carr no papel de Kenneth) e "Não adianta negar" (com Ginsberg e William Burroughs nos papéis de Bleistein e Dennison), conforme Kerouac começa a esboçar o meio urbano que figura com tamanha proeminência em *Cidade pequena, cidade grande*. Ambos os esboços exibem a influência de Kafka e Céline, e formam forte contraste com a sonolenta Galloway pintada em *A vida assombrada*.

"Não adianta negar" contém certa espécie de arenga antiliberal, prenunciando a hostilidade em relação à vida na cidade que Kerouac explana de modo mais detido nos documentos de *Cidade pequena, cidade grande* que complementam esta seção. Apesar de seus receios no tocante à Lowell provinciana tais como expostos em "Exercício de datilografia", Kerouac evidentemente finalizou *Cidade pequena, cidade grande* nutrindo grandes suspeitas sobre a "decadência intelectual" que encontrara entre seus amigos nos "Centros urbanos americanos". Essas preocupações iniciais antecipam a rejeição pública da Nova Esquerda (incluindo o próprio Ginsberg) por parte de Kerouac anos antes de seu surgimento efetivo como um movimento político coerente.

T.F.T.

Para *A vida assombrada*:
A Odisseia de Peter Martin (1943)

Podemos evidenciar o fenômeno da mudança de um modo mais esmagadoramente conclusivo do que em épocas normais. É por isso que a guerra, em si, oferece as mais ricas possibilidades em qualquer literatura. Os terríveis e deprimentes romances de Dostoiévski não têm nada a ver com a guerra, mas o leitor estremece só de pensar no que ele poderia ter escrito se tivesse havido guerra em seus romances: pense nas provações de Raskólnikov e lhes acrescente a guerra.

O romance não precisa ser a mais infeliz das expressões na arte. Não procuro alcançar a consumação da tristeza – não deliberadamente, como um meio de evocar um "poder" enganoso. Porém, considerando que a guerra triplica as tristezas dos homens, e considerando que a guerra está conosco, o romance precisa agir de acordo.

Antes da guerra, Peter Martin não tinha noção, é claro, de grandes e pesarosas mudanças. Talvez porque, em primeiro lugar, ele fosse jovem demais e não tivesse vivido o suficiente para testemunhar a mudança. Se ele tivesse vivido num tempo de paz, a mudança teria, mesmo assim, marcado a tristeza em seu coração; contudo, porque viveu num tempo de guerra, a mudança o esmagou completamente. Essa é mais uma faceta da vida assombrada. (As outras até aqui discutidas: a perambulação que a guerra impõe, sobretudo as grandes guerras globais como a Primeira Guerra Mundial e a Segunda Guerra Mundial; o fenômeno das personalidades humanas primeiro derivando e depois desaparecendo no alastrado panorama da vida (e da vida em guerra); e a vida singularmente assombrada de uma personalidade como Peter Martin, que conhece muitas pessoas e viaja para muitas cidades e terras, e perambula.) (A essa podemos acrescentar a solidão do mar, e dos portos, que induz uma espécie de semitranse no marinheiro errante.)

Peter Martin é apresentado, no início do livro, como um jovem americano comum numa cidade americana bela e comum. Temos as grandiosas árvores do verão, as quentes tardes de beisebol, os mergulhos, os eletrizantes outonos com futebol e o turbulento outubro (o melancólico e velho outubro). Tudo isso, claro, é pouco valorizado e plenamente desfrutado. O tio de Peter, claro, é igualmente pouco valorizado e não é menos plenamente desfrutado. O tio de Peter não se queixa menos: as coisas não são mais como costumavam ser quando *ele* era jovem: esse é o primeiro contato de Peter com o tema do medo-da-mudança. Ele zomba do tio, que se joga em reminiscências líricas dos "velhos tempos" – o circo em 1898, a vinda dos detestados imigrantes, e assim por diante. Ele zomba, o jovem, mas bastam três anos de guerra e mudança para transformá-lo numa juvenil cópia exata do melancólico velho! Os "velhos tempos", de fato, passam a ser uma das expressões de Peter. Entretanto, ele não permite que o egocêntrico senso de mudança ao qual seu tio se entrega deforme seu raciocínio. Ele constata, como Wolfe constatou, que você não pode voltar para casa: ele constata que ninguém pode, e que a famosa expressão pode ser repetida para sempre, e poderia ter sido proferida por um babilônio nos tempos de Ciro. Ele constata, por essa cautelosa e inteligente conclusão, que os fogos da nova vida brotam das cinzas da velha: Isso é importante o suficiente para lhe induzir esforços no sentido de criar uma nova vida, de sua própria lavra. O mundo recebido por ele (as árvores veranis, a escola, os esportes, a limonada no entorno do circo) era um mundo bom, mas desapareceu, como acontece com todos os mundos, e desapareceu depressa, como acontece na guerra: e agora ele precisa criar um mundo só seu.

A vida assombrada será um livro muito triste. Não pode ser de outro jeito: a juventude se sente chocada com a maioridade, mas a guerra se soma a esse choque o bastante para matar a juventude para sempre e criar uma geração de jovens velhos, os tristes velhos jovens de F.S. Fitzgerald e E. Hemingway. Como a guerra é capaz de matar mais quantidades do que as encontradas nas listas de vítimas! Como é terrível e lamentável e grande com emoções de dor quebrante! Peter não morre mil mortes em sua solidão e perambulação e batalha com a morte violenta e o anseio pela paz: ele se alquebra, como um corpo pode ficar alquebrado, ou como um coração pode se despedaçar, ou como um cérebro pode se romper. Ele se quebra como um velho relógio esmagado. Ele não tem disposição e tampouco vida para recolher os restos quebrados. Ele beira a insanidade, ele é terrivelmente sensível a coisas desse tipo. Não há esperança para ele. A morte de seu irmão Wesley, embora distante e impessoal, proporciona perda e ironia em medida suficiente para saciar um Lear; o espetáculo de seu irmão alquebrado Slim, explodindo de dor numa rua à beira-mar, perguntando [?] é suficiente para assustar [?] cada ideal, cada fé, e deixar um vácuo negro de desespero. A mulher que ele ama não basta: nunca parece ser suficiente, para um homem, basear sua mente toda e seu espírito todo na união com a mulher. Peter busca mais.

O livro é dividido em três partes. O início é belo e americanês, Peter está em casa, Peter está despreocupadamente vivo, um jovem ávido e inteligente que lê e discute, viaja e ri e corteja os corações das moças. A guerra chega devagar, a princípio como aventura suprema; depois como um aborrecimento; e afinal como uma terrível e solitária e desesperada aventura; e a última parte do livro ainda não foi formulada, ou foi, mas vagamente. Ela virá com a escrita.

O fio da Odisseia corre de volta para o começo e avança para o fim, o fim que é só um começo e uma interrupção ou atividade pressagiando mais atividade, mais vida. Posso prever com segurança o teor do fim do livro: Peter fará planos concretos para criar um mundo só seu, sabendo o tempo todo que essa será a sina de seu filho, e de seus filhos, e ver [sic] dali por diante que ninguém consegue ficar com o mundo que recebeu, que você precisa criar um só seu e preparar os outros para que façam os deles... pois os fogos da nova vida brotam das cinzas da velha. A mudança não é um processo de desintegração; é a lei da vida orgânica, o *crescimento*. (Quanto à personalidade de Peter e o desenlace dela, mais em breve.)

Para *A vida assombrada* (12 de abril de 1944)

133-01 Crossbay Blvd. Ozone PK. L.I.

    A Guerra cria uma situação sinônima à de uma grande migração cruzada. Pessoas que de um modo geral estavam habitualmente acomodadas em vidas sedentárias se veem um tanto repentinamente vagando pela Terra. Soldados são enviados para todas as partes do mundo, trabalhadores migram para lugares distantes da nação e em alguns casos para terras estrangeiras, garotos do campo navegam por mares mais estranhos do que os do Velho Marinheiro. O vírus da guerra se infiltra nas veias de homens, mulheres e crianças. As mulheres, que seguem seus maridos, ou ingressam no serviço militar, ou simplesmente tiram proveito do momento para sumir, podem ser encontradas a dois mil quilômetros de casa, em qualquer lugar. As crianças se mostram mais do que ávidas por seguir seus entes mais velhos. Eu soube de certos casos, na caótica Europa ocupada, nos quais crianças partem em grupos e se perdem no vasto cenário das grandes guerras, das grandes cruzadas e assemelhados. Isso gera o que podemos chamar de "década nômade". A reação a tal década e o resultado dela só poderão ser determinados – num padrão significativo para o entendimento geral – no decorrer do tempo.

    Politicamente, podemos razoavelmente supor que a população mundial se tornará mais receptiva às questões internacionais. O garoto de uma cidade pequena de Vermont que passa três anos na Inglaterra demonstrará no futuro, sem dúvida, um interesse vívido e pessoal por essa nação. Ele terá adotado a

Inglaterra para sempre. O marinheiro nascido em Chicago que viaja à Nova Zelândia terá suas opiniões a respeito dessa vigorosa e pequena ilha, e poderá ser ouvido, em 1960, discutindo os quatro maoris da Câmara dos Deputados. Não é além da imaginação prever que alguns dos fuzileiros navais que tomaram Tarawa terão interesse por saber como a ilha será governada, agora que ela virou território sob mandato dos Estados Unidos, quais serão suas promessas e assim por diante.

Os que foram à Itália, ao norte da África, ao Egito, à Índia, à Austrália, à Inglaterra, ao Alasca e até mesmo à Groenlândia e à Islândia – aos milhões – terão tomado noção, sem querer, da unidade do mundo. O mesmo vale para os alemães que foram enviados à Escandinávia, à Rússia, aos Bálcãs, à Itália, à África para travar guerra, e para os italianos, os romenos e os outros seguidores de Hitler. E pense nas hordas de japoneses que jamais teriam visto as Índias Orientais, a Birmânia, a Índia ou a China; as ilhas do Pacífico Sul, as Aleutas na costa do Alasca, não fosse a guerra. Nunca na história da humanidade, tenho certeza, tantas nações testemunharam o afluxo em massa de estrangeiros num período de poucos anos, sejam eles invasores ou "libertadores". Nunca tantos homens viajaram pelo mundo ao mesmo tempo e conheceram de perto povos e costumes e instituições diferentes dos deles. Esses homens se aproximam facilmente da marca de cem milhões. Não há como calcular o número de civis que foram forçados a vagar, refugiados, trabalhadores e ajudantes militares da mesma maneira. O panorama todo é assombroso em suas proporções.

E quando consideramos o volume de migração cruzada em nações individuais em plena guerra, a erradicação de famílias de regiões onde cada uma estivera estabelecida por várias gerações, a situação ganha a proporção de um gigantesco terremoto que dispersa homens e mulheres do modo mais atabalhoado, separando famílias e amados e amigos em todas as direções, sem o menor respeito pelos conceitos tradicionais de humanidade e dignidade. O quadro mostra uma tela de raízes rebentadas derivando como bolas de mato seco em meio a mil ventos cruzados. É uma tela enorme. E, embora não mais represente os conceitos tradicionais de humanidade e dignidade, não contém menos humanidade e dignidade; enraizada ou à deriva, a alma do gênero humano prevalece.

O interessante de se notar, com alguma antecipação, é que, quando a Terra interromper seus tremores e suas dispersões, o mundo dos homens tentará retornar a uma forma tradicional. Constatando que isso é impossível, a onda da raça humana – agora em ebulição com os efeitos secundários da tempestade – irá se acomodar lentamente numa nova forma, homem após homem, cidade após cidade, nação após nação.

O que será essa nova forma? Quão impetuosamente a mudança terá sido abalada, deslocada de seu costumeiro ritmo preguiçoso! E quão assombrosa será a memória dos que sobreviveram à grande "migração cruzada", ao tremor da Terra – pois os homens não nasceram para esse tipo de vida. Eles nasceram para uma vida tranquila, para o lar, e para o grupo familiar que toma para si um lugar na Terra – uma região – e o chama de seu. Sabendo disso, os homens mesmo assim se condenaram, por seu desatino e sua humanidade, à infinita frustração de sua verdadeira e derradeira necessidade – a necessidade do lar e da paz –, e continuarão a se lançar uns contra os outros em escala cada vez maior, até que assimilem, com a lição das grandes cruzadas de guerra, a unidade da Terra e a semelhança dos homens. Cabe ao futuro consumá-lo.

Enquanto isso, os nômades assombrados vagueiam e travam guerra, para depois retornar e gerar outros como eles. O mistério da vida é ampliado, se aprofunda, mas, como mencionei, a alma da humanidade prevalece.

Pós-Fatalismo
(Dia da Bastilha, 14 de julho de 1943)

Tendo explicado a vasta ordem da rede do universo, como poderei racionalizar, então, sua ordem aparentemente cega? É preciso ser um Kant para fazê-lo?

A matéria indestrutível se reorganizou para formar o universo; o tempo é matéria em movimento. A reorganização da matéria, como se deu, parece agora ter sido feita esplendidamente, considerando a ordem newtoniana nos sistemas planetários e considerando a taxa definida de crescimento da vida orgânica tal como explicada pelo darwinismo. Há ordem, crescimento, expansão e até mesmo o progresso de Spencer da homogeneidade à heterogeneidade. O universo em crescimento vai ficando mais complicado, portanto mais sutil. Cada conquista do homem se soma sutilmente a essa matéria.

A vontade geral desse universo, que desafia os acidentes, que desafia o acaso, avança em seu caos árduo e ordeiro. Uma entidade, um homem se move no interior dessa rede em transformação; ele luta pelo triunfo, e, na medida de sua obstinação, pode alcançá-lo, mas, para fazê-lo, precisa percorrer um caminho sinuoso. Há obstruções por todos os lados, pois esse homem não é a única entidade do universo, é só uma entre bilhões. Uma analogia: matéria não pode atravessar matéria, precisa passar por cima dela, contorná-la ou derrubá-la. Esse homem, sua própria vontade e a vontade e o impulso do universo determinam o destino do homem: é inviolável, perfeito e terrivelmente irrevogável.

A história comprova o que digo. Veja, agora, se você consegue mudar o que já passou. Veja, também, como essa história escreveu a si mesma, se não pela vontade árdua de bilhões limitando a vontade pessoal de uma única grande figura; ou, por outro lado, se não [por] essa grande vontade geral destruindo a vontade fraca de uma figura obscura. Veja, também, como a morte acontece: não é acidente; é a intenção geral do universo, e, quando acontece, não apenas a sorte é lançada, mas a corrida termina, o círculo se fecha, e tudo fica como deveria ser, pois assim é a vida.

Isso não é fatalismo: é Pós-Fatalismo. Antes que um acontecimento possa ocorrer, o indivíduo pode preveni-lo exercendo sua vontade individual, e se optar por fazê-lo, e se tiver a força e o vigor e a determinação. Porém, se o homem não prevenir o acontecimento e o acontecimento ocorrer, é óbvio que o homem não o mudou, tampouco o universo se acanhou de efetuá-lo, e assim ele ocorreu, e portanto não havia outro jeito. É Destino só depois de ter acontecido.

Essa rede, então, que relação tem conosco, embora possamos afetá-la e ela possa nos afetar? Acredito firmemente que essa rede, a combinação do Impulso Geral do Universo e do Impulso Individual de uma Única Entidade, é uma força orientadora que nos leva ao nosso destino e é irrevogável, final e ordenada. Ela nos guia como Deus, e talvez seja Deus. Ela zela por nós. Não nos protege, mas, guiando-nos, zela por nós, e não ficamos tão sozinhos, tão irrelevantes, tão despercebidos e tão desgovernados como pensamos. Essas duas vontades, a nossa e a do mundo, conduzem-nos à glória ou ao horror: não deveríamos ficar nos lamentando, porque um desafio é um desafio e todos deveríamos aceitá-lo. Ao aceitar esse desafio com força e coragem, estamos encarando a vida com os pés firmes no chão e ficamos preparados para desfrutar da aventura de suas infinitas possibilidades com todo o calor, toda a riqueza e todo o valor inerentes ao peito humano.

Sente-se à janela enquanto lê isto, agora, e ouça os sons lá de fora que penetram no seu quarto: é ritmo e ordem, o ritmo divino da vida. E essa é a rede dentro da qual a sociedade se empenha rumo a dias melhores, não de maneira cega, mas irrevogável, lenta e majestosa. Canções de pura beleza podem passar sem audição, mortes heroicas, sem celebração, lindas flores como o rododendro, sem contemplação – por parte dos homens; mas a vida as registra, o universo as reconhece, e a existência dessas coisas, embora obscura para os homens, é necessária a eles e assim se soma às opulentas provisões da conquista humana. Nós somos guiados, e a natureza e o universo acreditam em nós tanto quanto nós acreditamos neles. Por essa razão, não estamos sozinhos. O amor humano pode nos dar a certeza em dobro de que não estamos sozinhos. Assim escrevo sobre Wesley Martin.

Exercício de datilografia (1944)

Outra vez me vejo no nadir da dúvida a respeito desse peso inelutável que é *Galloway*. Parece-me que quase todos os dias preciso me convencer, por esse ou aquele artifício neurótico, de que a brincadeira vale a pena. Hoje, sinto que o romance, como planejado, não chega nem perto dos meus poderes atuais: é meramente uma peça introdutória para uma obra mais madura, é um prelúdio, uma abertura para uma sinfonia. Contudo, os sons escolásticos que existem em minha mente desde sua concepção original, em 1942, persistem. Por quê?

É por força do hábito que continuo retornando à estrutura e à ideia de *Galloway*? Ah, há uma história interessante por trás, suas recorrências, seus abandonos, sua incerteza. Se fôssemos levar o sr. Allen Ginsberg a sério em sua última criação artística, *Galloway* deveria valer como uma espécie de coisinha selvagem que eu venho pegando e largando por anos a fio no decorrer de indecisões e ansiedades neuróticas: isso e nada mais. Alguma vez ele viveu com uma obra durante quase três anos? Peso inelutável! Ele rabisca um "Última viagem" numa noite e então passa três meses revisando-o: depois, quando você lhe pergunta quanto tempo ele levou para escrever, ele diz "Três meses". Ótimo: o sr. Ginsberg é um artista cuidadoso, que sejam três meses. Mas eu, com meus três anos, ah, isso não passa de procrastinação neurótica. Bem, não, *Galloway* cresceu *comigo* – o primeiro esboço, intitulado *A vaidade de Duluoz*, é quase uma estúpida confusão de palavras. A forma está lá, claro. Ressuscitei o livro em 1944, dois anos depois, com maior sucesso, mesmo que eu retorne a ele e me veja duvidando de seu sucesso artístico, mesmo que tenha sido elaborado a um grau incrível consistente com a obra imaginada.

Combinarei simbolismo e naturalismo em Galloway – mas usar a mim mesmo aos dezenove anos, e aquela lúgubre cidade provinciana, e fazer disso uma obra de arte comensurável à vivacidade e à *inteligência* que quero alcançar, isso, de fato, parece impossível e uma tarefa enfadonha sem sequer o fruto da minha satisfação. Droga!

Fico entediado só de pensar em Sebastian e nos outros. Fico entediado com o quadro todo. Não consigo injetar nenhum entusiasmo. Droga de novo. Mas haverei de fazê-lo, suponho, embora – e esse é o ponto crucial da minha circunspecção a respeito do caso todo –, embora eu sinta poder dominar um assunto mais maduro, *agora*. Eu volto ao ignorante ontem e, nossa!, tenho de traçar as linhas que levam ao conhecimento? Esse não é o meu propósito... isso não é coerente com a doutrina de captar e crescer. Não me deito na cama com touca de dormir, porque não tenho *Paris* alguma para oferecer! Quem quer perder tempo com Lowell, Mass.? Quem, quem? a menos que seja o tolo que, por força do hábito, talvez por uma inanidade compulsiva, por um fracasso em organizar a experiência recente, precisa desistir e começar do início, do lúgubre início paleolítico, e trabalhar como um cão. Ora!

E agora digo, não fiquemos desvairados. Que montanha de merde!

O sonho, a conversa e o ato – Parte do delírio de Peter Martin (c. 1947)

Um sonho que ele tem na casa do Brooklyn antes de acordar naquela manhã: ele está parado num porão escuro de certa casa tenebrosa e quase abandonada, precisamente na adega úmida da casa, conversando no escuro com dois outros homens, um deles seu "primo mais velho" e o outro alguma espécie de "policial": e enquanto escuta a conversa deles ele sente a presença de uma terceira pessoa no porão úmido com eles, alguém que está, entretanto, na cama, em alguma cama suja por trás de imundas cortinas suspensas, em algum ponto próximo do depósito de carvão da casa, e essa pessoa, embora não durma, está absolutamente quieta, e também, conforme ele tenta enxergar no escuro, fica subentendido, no sonho, que ele é um IDIOTA. Ao despertar desse sonho, Peter vai até a cozinha para pegar um copo d'água, volta à sala de estar e vê, com grande interesse e horror, sua própria cama em seu próprio quarto escuro por trás de negras e volumosas cortinas suspensas. Ele é aquele idiota. Ele dorme de novo e sonha que está num estado exaltado, feliz, e FAZENDO TUDO QUE BEM QUISESSE NO MUNDO; simplesmente por puro júbilo imbecil, e lhe parece que ele cometeu um crime no decorrer desses sentimentos, certa espécie de crime por cujas consequências ele sequer tem interesse, ele não tem o menor interesse por essas coisas, ele é um idiota – mas mesmo assim é culpado e, no decorrer do sonho, condenado a morrer na cadeira elétrica. Até o último momento de sua execução na cadeira da morte, Peter fica exaltado e feliz, conversando avidamente com todo mundo e até com seus executores. Porém, quando chega o último momento, quando o homem passa pela cortina para ir ligar a corrente elétrica preparatória antes de o sentarem na cadeira, ele se paralisa e começa a tremer com o medonho terror da morte – apenas temendo a morte, ainda nem mesmo entendendo o ato que cometeu como sendo um crime, mas tendo noção de que o cometeu.

Naquele mesmo dia, em Manhattan, numa conversa com Kenneth: ele procura Kenneth exaltado e feliz e o convida a sair e ficar bêbado com ele. Ken diz que tem compromissos, e é sincero nessa alegação, Peter acredita nele, então os dois bebem cerca de seis doses cada um em meia hora e Peter tagarela alegremente. De súbito, porém, Kenneth começa a dizer que não engole 90% das coisas que Peter está dizendo, diz que Peter ficou "desvairado", tolo, não é mais o grande, sincero e reverente Martin. Peter afirma que um dia vai dar uma festa num apartamento em Nova York que vai continuar por anos e anos, sendo que ele mesmo só estará lá na metade do tempo, e Kenneth diz: "Nada disso, você vai guardar dez mil dólares para cuidar da sua mãe e do seu pai e você vai aparecer com 55 centavos para encher a cara – como sempre". Peter sorri tímida e perversamente. Quase diz a Kenneth que ele sabe demais. Kenneth diz que ficava triste só de pensar nele, e que a pior coisa que poderia lhe acontecer seria qualquer sucesso de alguma espécie, algo que o deixaria nas mãos de pessoas que afastariam seu coração e sua mente da sinceridade Martin. Isso, contudo, não impressiona Peter tanto assim. Mas por fim Kenneth diz: "Você não percebe o quanto você é realmente inconfiável, Pete. Você é a pessoa mais inconfiável do mundo. E você não está nem aí. Nem você acredita em nada do que você mesmo diz. Nunca vi uma conversa mais furada, E VOCÊ MESMO SABE. E a sua inconfiabilidade é mais do que só isso, é um jeito horrível que você tem de hibernar quando não precisa, é um acanhamento, e, graças a Deus, a razão para esse acanhamento não é acanhada em si. A sua reverência pela vida é um maldito tipo de desrespeito. Com qualquer tipo de sucesso para você, Pete, tudo que vou fazer é rezar por você, de joelhos. Não consigo mais te engolir. Mesmo assim, ainda gosto de você e te amo como quem ama um irmão". Peter pergunta por que diabos Kenneth não enche a cara com ele em vez de ficar lhe pegando no pé, mas Kenneth continua do mesmo jeito. Peter se embaraça, não entende o que Kenneth está dizendo, não para de falar "Hã?", "O quê?" – e Kenneth só fica simplesmente rindo dele. "O que é que você não quer ouvir, Pete?", ele pergunta. Pete lhe diz que ele pode o deixar se sentindo embaraçado, mas qual é o propósito disso? – e Kenneth insiste que seu propósito está muito longe de ser esse, ele só quer lhe dizer que ele está caindo num buraco terrível e isso está se tornando completamente desonroso. Quanto mais ele vai exagerando, tanto mais Peter se dá conta da verdade de tudo. Peter se despede de Kenneth magoado – com esta única consolação: Kenneth não quer deixar que Pete vá tomar uma dose de uísque na casa de sua namorada, Jeanne, porque Peter a faz "agir como boba". Peter garante a Kenneth que nunca tinha levado Jeanne em consideração, mas, mal terminando de falar, constata estar mentindo descaradamente. Kenneth sabe disso: ele sorri outra vez. Mas Kenneth garante a Pete que não tem ciúme, ele não gosta de Jeanne tanto assim (e nessa altura ambos se dão conta de que Kenneth está mentindo agora) – mas que Jeanne é um problema para ele e Peter apenas agrava a situação toda. Kenneth diz que não "engole" o jeito como Peter "dá em cima" de Jeanne, algo que, segundo Peter, sempre lhe parecera só afabilidade e sociabilidade (outra mentira rapidamente percebida). Ken tem medo de Pete. É o único consolo de Peter, já que o tipo de crítica que Ken está lhe aplicando sempre o magoa. Peter se sente abatido apesar do consolo. Ele tem certeza de que Ken o teme. Era o sorriso em seu rosto que deixava aquilo pior: Pete não conseguia sequer sondar sua reação a tudo, ou melhor, não queria fazê-lo. Ele era um idiota, sabia disso, dos pés à cabeça, exatamente como no sonho: ele estava fadado a cometer algum crime em breve, por puro júbilo, por astúcia, amabilidade: um idiota de toda espécie.

Naquela mesmíssima noite, depois de muito mais ter acontecido, depois do suicídio de Alfred, quando Kenneth sai da cidade, na selvageria de seus sentimentos, com surtos repentinos de pura loucura, Peter seduz Jeanne – simplesmente empilhando uma loucura em cima da outra, machucando todo mundo num grandioso e majestoso gesto final, machucando a si mesmo, Judie, Jeanne, Kenneth, todo mundo, com grande júbilo. E a coisa que enlouquece Peter é que ele é alguém a ser temido, alguém a ser exilado se necessário – isso o enlouquece e ao mesmo tempo ele perambula nas altas horas daquela noite em êxtase, num êxtase de triunfo maligno, toda sorte de coisas que ele nunca tinha "enxergado em si", mas sempre previra. Ele pensa nestes doidos termos: "Eu sou um idiota, não bebo da taça da vida, eu bebo tudo num gole só e aí eu engulo a taça. E não me importa *o quê* eu faço, é um verdadeiro crime, isso é o que o sonho significava. Comigo não é o que eu faço, não é O QUÊ, mas QUANTO – quanto mais e mais e mais tanto melhor. Eu poderia jurar pela bíblia e pelo nome da minha mãe na cara de Ken que eu não tinha seduzido e sido seduzido pela namorada dele, eu juraria com lágrimas nos olhos, e mesmo retornando com a bíblia até o outro aposento eu sequer arreganharia um sorriso no escuro. Eu faço as coisas bem desse jeito – conscientemente, só que o tempo todo fico preocupado a respeito". De modo proporcional ao erro do ato, Pete e Jeanne fazem amor tanto mais violentamente naquela noite, como voluptuários, loucamente. Além disso, quando ela sai de manhã, ele mexe nas gavetas da escrivaninha e lê as lindas e falsas cartas de amor de Kenneth para ela. Ele caminha pelas ruas naquele dia com um sorriso atônito e extasiado.

À noite, ele deixa sua mãe furiosa e angustiada declarando que um homem casado pode sempre sair para encher a cara tanto quanto quiser, casado ou não... dizendo isso com verdadeiro desrespeito. Seu pai já desistiu de tentar conversar com ele sobre essas coisas, ele nem mesmo sacode a cabeça como nos velhos tempos – ele só fixa os olhos no chão, pensando em sua morte iminente. Ah, o horror de seus últimos dias, e Peter ali...!

Peter se deita em seu quarto e avalia se não deveria parar de fazer essas coisas, e virar uma pessoa boa de novo – como um bom menininho. Outra vez, ele não está nem aí. Percebe que algum grande pesar irá endireitá-lo, ou apenas sua decisão desrespeitosa de atacar as coisas de um jeito diferente "às vezes". Ele só empilha horror após horror sobre si mesmo.

Dostoiévski – "...Uma alma inocente, porém tocada pela terrível possibilidade da corrupção e pela vastidão com a qual a alma ainda pura conscientemente nutre vícios em seus pensamentos, acalenta-os em seu coração e é acariciada por eles em seus sonhos furtivos, porém desenfreados e audaciosos – tudo isso naturalmente conectado a sua força, sua razão e, ainda mais verdadeiramente, a Deus."

Não adianta negar (1945)

NÃO ADIANTA NEGAR: QUANDO VOCÊ NÃO TEM DINHEIRO É EXTREMAMENTE difícil sentir livre indignação quanto às idiotices dos outros. Quando você não tem dinheiro e nunca teve na vida é plausível na mesma medida você se voltar contra si e soltar à vontade uma série de rajadas autoacusadoras. Contudo, enquanto eu me afastava do Queens no metrô, enredado em meu próprio casulo de indignação, enquanto o metrô rebentava seu caminho na direção de Manhattan, eu me esqueci completamente de nunca ter dinheiro algum e fiz caretas para o artigo que estava lendo. Era um desses textos dos tempos de guerra, uma "carta da França" no *New York Times Book Review*, e tentava dar aos leitores americanos uma ideia daquilo que os franceses estavam pensando e escrevendo agora que os alemães haviam sido expulsos e escorraçados para tudo que era lado além do Reno.

    O autor era um imbecil profissional, do tipo liberal impostor que hoje monopoliza as letras americanas. Uma dessas pessoas estranhamente neopuritanas que passam o dia todo pensando sobre a melhor maneira [de] alcançar o bem comum de tudo, mas nunca nem por um segundo se dando conta de que tal coisa será impossível enquanto ainda existirem pessoas como elas. Porque pessoas como elas só querem uma coisa – como todas as outras, naturalmente. Só que muitas outras pessoas não estão fazendo da hipocrisia um grito de guerra e uma profissão. São esses imbecis profissionais, eu disse a mim mesmo, roxo de desimportante raiva, são essas pessoas que mandam na imprensa, no rádio, no cinema e nas letras. Continuei lendo com um desejo crescente de ser hostil.

Agora aquele impostor desgraçado estava tentando me dizer que fora daquilo que ele já tinha analisado – e isso, a propósito, era uma série de picaretagens maçantes sobre o heroísmo da Resistência e outras bostas assemelhadas, completamente irrelevantes –, agora ele estava tentando me dizer que tudo mais que havia encontrado nas bancas de livros e revistas não merecia ser analisado porque não tinha "relevância política". Ele mencionava algo que Pablo Picasso escrevera, e, pelo que pude captar, Picasso se divertira com uma pequena ninharia alegórica, charmosa e levinha, como diz o ditado. Nosso amigo, o jornalista profissional e contador de histórias para boi dormir, considerava essa ninharia algo absolutamente irreverente em vista do grande período heroico e épico ao qual a França acabara de sobreviver.

Me veio um impulso de cuspir no jornal, mas esse é o tipo de coisa que ninguém faz nos Estados Unidos a menos que você seja um refugiado recém-saído de um barco fervilhando de repugnantes ódios europeus e os cuspindo numa chuva de inveja nas cozinhas de azulejos brancos do Ozone Park. De modo que apenas dobrei o jornal e o enfiei dentro de uma maçaneta das portas deslizantes, e me entreguei a uma sessão de carrancas.

Eu estava pensando que, pelo amor de Deus, a literatura devia ser a última forma de expressão que temos não contaminada por essa nova forma de Impostura de alta pressão totalmente profissional e oficial. Eu estava pensando que às vezes você conseguia encontrar um livro – talvez algo de John O'Hara deste lado ou de Julian Green do outro lado – e conseguia relaxar num mar ilimitado de naturais e espontâneos dizeres. Não sempre deparar com uma muralha de generalidades e versos radiofônicos. Os versos radiofônicos, sabe, cobrem um vasto terreno: eles servem para nos assegurar de que a estrada acidentada da vida às vezes leva, se tivermos coragem, para um leito de rosas. Vão dessa função até a glorificação da nossa ideia já mais do que martelada de que os alemães são muito mais malvados do que jamais poderíamos vir a ser, porque ensinamos nossas crianças a crer no benefício de massagear as gengivas antes de escovar os dentes, como nós, os mais velhos, fazemos, e a crer que Deus está do nosso lado porque molhamos nossas gramas, podamos nossas cercas-vivas, mantemos a garagem limpa, mexemos nisso e naquilo na oficina atrás da cozinha e vamos aos domingos à igreja, onde o padre nos assegura de que estamos unidos contra a intolerância religiosa, contra os modos antidemocráticos de vida e contra certa coisa chamada agressão. Pela minha mente lampejam todos os símbolos do verso radiofônico, se você quiser chamá-lo assim. Eu vi cavalheiros de Filadélfia bebendo uísque num salão apainelado, por vezes diante de coleções de selos e tabuleiros de xadrez, por outras, Deus do céu, diante de plantas técnicas. Eu vi garotinhas lindas correndo na direção de uma máquina de refrigerante. Vi seus pais reclinados em cadeiras de praia no gramado, com um copo de cerveja e algo semelhante ao *Saturday Evening Post*. Vi suas mães batendo massa na supracitada cozinha de azulejos brancos do Ozone Park. Vi menininhos comendo cereal e ficando saudáveis bem na frente dos teus próprios olhos. E, sempre que eu via um soldado, ele estava de licença correndo na direção de uma máquina de refrigerante, ou reclinado numa cadeira de praia no gramado, ou comendo o bolo recém-feito na cozinha de azulejos brancos, mas nunca, veja bem, nunca bebendo uísque. Ou eu via o soldado deitado numa trincheira, pensando sobre todas as coisas acima exceto no uísque, recoberto por uma barba de três dias e fazendo mira em certo japa que mais parece um macaco de circo. Vi todas essas coisas e percebi o quanto eu ficaria espantado se um dia chegasse a vê-las efetivamente em carne e osso.

    Não enfrentar sempre uma muralha de generalidades como essa. Isso é o que desejei. E o tempo todo enquanto estive pensando nessas coisas, desenvolvendo meu pequeno queixume meditativo, percebi que eu tinha certos amigos em Manhattan que nunca sequer se preocupavam em ler o *New York Times Book Review*. Pensei neles rindo das minhas raivinhas desimportantes. Para eles, aquela bobagem toda era algo a ser esperado. Eles eram mais perspicazes do que eu, isso é certo. Eles até provavelmente pensavam em fazer do limão uma limonada. Por que precisariam se importar? Haviam aprendido, muito tempo antes, que a hipocrisia recompensa. E isso era o que eles queriam, aqueles meus amigos sorridentes, eles queriam ser recompensados.

Mas algum dia, decidi, eu desabafaria minhas opiniões diante deles, deixaria que eles rissem. Pelo menos eu teria deixado minha posição clara.

O que mais me enraivecia era o que um deles, Bleistein, tinha a dizer sobre a minha visão das coisas. Ele dizia que eu estava me queimando ao ficar furioso com questões que já estavam ultrapassadas. Ele me chamava de romântico. Para Bleistein, um romântico é um neurótico. Pessoalmente, ele, Bleistein, não via problema na hipocrisia; para falar a verdade, tenho certeza de que ele se alimentava dela e se lavava numa grande banheira cheia dela. Eu conseguia vê-lo chapinhando alegremente na água suja com todos os outros, feliz contanto que lhe restasse a oportunidade de pegar a perna de alguém.

Depois eu tinha outro amigo, que atendia pelo nome de Bill Dennison, que não gostava exatamente de se lavar na água suja, mas preferia se sentar em algum lugar nas proximidades, talvez numa cadeira de praia bebericando um *mint julep*, ou fumando um cachimbo de ópio, enquanto observava o espetáculo. Ele me irritava mais do que todos.

Quanto a mim, como todo o meu ódio pelo banho sujo, lá estava eu no meio, tentando escapar. Isso divertia Bill Dennison até não poder mais. Tudo era divertido para ele.

Eu saí do metrô no Radio City e subi à rua. Eram mais ou menos sete da manhã. Uma bela manhã de maio, com as pequenas árvores da Sexta Avenida bem-arrumadas com novas folhas e todo mundo passeando sob o sol. Algumas das pessoas se encaminhando sem dúvida para o assassinato e o roubo, mas, mesmo assim, elas ficavam felizes por estar ao ar livre sob o sol de maio. Até os malandros da Broadway pelos quais passei a caminho do

Polyclinic Hospital, os assim chamados personagens de Runyon que vadiam na esquina da 50th Street com a Broadway, até eles pareciam felizes. Eles ficavam por ali contando seu dinheiro, como de costume, mas, naquela manhã, contavam as notas com certo entusiasmo deleitado. É realmente assustador constatar que aqueles monstros de rosto amarelado, com suas perpétuas expressões de ansiedade amuada e pesarosa, semblantes como velhas notas de dólar amarrotadas e flácidas, até nos mais jovens, são humanos. Pois então você percebe que é irmão de um monstro, sendo você mesmo um possível monstro.

Eu caminhei na direção oeste, rumo à Oitava Avenida. Havia mais alguns malandros da Broadway naquela esquina, a variedade do Madison Square Garden que aposta nas lutas de boxe e nos jogos de basquete, e até mesmo, suspeito fortemente, nos acrobatas de trapézio do circo.

O Polyclinic Hospital fica entre a Oitava e a Nona Avenida. É o hospital mais miserável que jamais vi. É um hospital para os pobres, é por isso. Os limpadores de piso são todos vagabundos de rua que bebem rum misturado com vinho barato. Nas alas, você vê doença e cheira doença e acaba ficando doente. Há alguns médicos bons lá, entretanto; mas, claro, não sei nada de medicina. É uma questão lógica que hospitais como esse sempre vão estar, por alguma espécie de lento processo biológico, fadados a se tornar miseráveis, a despeito da condição original e da atmosfera do lugar, porque os pobres, e particularmente os pobres doentes, parecem exalar miséria de um jeito que no fim das contas transmite essa miséria a tudo em redor deles. Como os britânicos da classe operária na década de 1930, que usavam suas banheiras novas como depósitos de carvão.

Quando saí do elevador no quarto andar, com toda certeza, diante dos meus olhos estava o pobre doente, e uma equipe mais miserável eu nunca vi. Essas pessoas estavam sentadas em bancos num corredor, esperando para receber algum tipo de choque elétrico por sua surdez, parcial ou não. O símbolo vivo do pobre doente estava lá, de modo intenso e repugnante, sob a forma de uma mulher e sua filha nova. Essas duas estavam usando aquilo que se conhece popularmente como sendo a vestimenta do refugiado, a mulher com seus sapatos incômodos e grossas meias de algodão e a garotinha com um xale bobo. Sentado onde eu estava, diretamente do outro lado do corredor, eu as observei com aversão. Ambas exibiam uma expressão tonta que parecia choramingar em busca de piedade. Ambas tinham grandes olhos escuros e rosto comprido e não pareciam saber onde botar as mãos. Não se deve dizer, contudo, que se sentiam deslocadas. Estavam à vontade naquele meio, e havia inclusive uma espécie de pequena impertinência no modo como ignoravam a sensação que provocavam em mim. Eu as observava sem parar. Elas continuavam paradas ali, curvadas de tanta infelicidade, resignadas, como se diz, ao desventurado e patético destino. Elas não se mexiam, ignoravam completamente seus companheiros de transtorno de ouvido sentados por todos os lados conversando e gesticulando. Eu teria ficado ali sentado pelo resto da manhã, observando-as, se não tivesse acontecido de Alexander me ver da escada de incêndio.

Ele desviou pelo corredor na minha direção com a esplêndida indiferença dos aristocratas. É espantoso como há realmente pouca democracia nos Estados Unidos ou em qualquer outro lugar. Achei que Alexander viria pisando nas cabeças de todos ali.

"Joe, que tal sair comigo ali na escada de incêndio", ele exclamou, arrastando-se entre os bancos.

"Onde está todo mundo?"

"Nós somos os primeiros."

Eu me levantei e segui Alexander até a escada de incêndio, não sem antes me virar para ver o que a velha e sua filha iriam achar daquilo. Ambas haviam virado seus rostos tontos na minha direção. Havia certa dose de pasmo em suas expressões, como se sair para a escada de incêndio fosse algo além do permitido para elas. O que era justamente o que elas queriam pensar, tenho certeza. Pessoas assim se lavam numa banheira suja também; elas simplesmente adoram a miséria, mais e mais, e quanto mais suja melhor. Não se poderia fazer nada pior do que tirá-las da miséria, pois aí elas não estariam adequadamente autorizadas a manter seus semblantes tontos.

A primeira coisa que eu queria fazer era contar a Alexander o que eu estivera pensando no metrô. Ele era esperto o bastante para enxergar além da hipocrisia, claro, mas suspeito de que ele me deixava para trás e era esperto o bastante, mais uma vez, para não se importar com aquilo. Em todo caso, ele começou a falar antes de mim, e, quanto mais ele falava, menos eu desejava lhe falar sobre a pequena e execrável "carta da França" que tanto me inflamara. Porque John Alexander é um jovem sutil. Ele era um dos "modernos" de Bleistein que iam além do ultrapassado e se preocupavam com os novos problemas. E os novos problemas eram todos sutis. Nesse domínio, a hipocrisia, para falar a verdade, quase não tinha significado. Um psicanalista não acusava você de hipocrisia quando você sonegava fatos e informações psíquicas; ele apenas via que havia uma forte resistência no seu subconsciente. Bem, eu era jovem o bastante para me aventurar por novos mares, de maneira confusa, claro, mas com alegria.

Alexander estava claramente aflito com alguns sonhos que andava tendo. Era engraçado vê-lo aflito. Aquele adolescente grandão, com os olhos sonhadores de Casanova, o perfil perfeito, a boa família, a patroa curvilínea e inteligente, as boas roupas e o aspecto bem nutrido, e os modos sofisticados e meio afeminados, estava ficando aflito. Dava para vê-lo vibrar de surpresa quando estourava o mais recente escândalo homossexual, ou quando era revelado que certa matrona da alta sociedade de Gotham doara tanto a esse ou aquele. No resto do tempo, Alexander ficava de bobeira com sua patroa, arrulhando sobre joias ou chapéus femininos, sobre sexo ou sobre uma frase engenhosa de Henry James. Agora ele estava todo aflito por causa de seus sonhos.

Ele tinha uma risada infantil que lhe enrugava os olhos de um jeito festivo. Era também uma risada alta que irrompia de seu corpo enorme e saía ribombando. "Fiquei tão aflito, Joe, que precisei sair da casa da Joan e pegar um quarto no William Hall..."

"Por que raios?"

"Não sei! Eu simplesmente não aguentei mais. O corredor estava me deixando apavorado. Você *não acha* isso interessante?"

"Certamente acho", respondi com franqueza. "Com que diabo você estava sonhando?"

"Com chapéus femininos!", ele rugiu. "É a coisa mais absurda. É como se eu estivesse sentado num telhado perto de um monte de outros telhados, todos de diferentes tamanhos. E aí, depois, parece que esses telhados eram apenas chapéus femininos. Joan acha que eu estava sentado num berço."

"É possível."

"Se é esse o caso, Joe, meu velho, tenho certeza de que deve ser a recordação de algo que aconteceu muito tempo atrás, tendo algo a ver com chapéus femininos e um dos há muito esquecidos chás da minha mãe."

"Quem sabe alguma matrona velha apareceu e deu uma mexidinha, hein, John?"

"Ou quem sabe ela queria me jogar pela janela. *Sabe-se lá!*"

Alexander se contorcia de tanto riso. Ele soltou um longo suspiro e uma ligeira risadinha. "Eu fiquei *tão* aflito! E Joan está toda preocupada com isso agora. Ela é totalmente a favor de procurar um psicanalista imediatamente."

"Sobretudo se você insistir em ser afugentado da casa dela por esses... por esses pesadelos inconvenientes."

Quando estava com Alexander, eu sempre empregava todas as minhas energias tentando elaborar comentários irônicos e bem-humorados. Mas nunca funcionava. Os comentários sempre saíam sem graça. E ele era tão bom nisso. Eu o deixava entediado, tenho certeza.

"Onde *está* esse Hosker!", John exclamou com certa irritação, conferindo seu relógio.

"Atrasado como de costume", eu disse para preencher a lacuna.

"Quando essas pessoas saírem, teremos algum espaço pra sentar." John estava se referindo aos doentes, pobres e surdos. Eles iam desaparecendo devagar, já que agora os choques elétricos estavam sendo distribuídos a todo vapor na antecâmara e a fila estava diminuindo. Para John, aquelas pessoas eram algo que ocupava assentos. Para mim também, até onde sei. Quando há uma multidão no seu caminho, você sempre pensa em metralhadoras. Já chacinei a minha parte na Times Square.

Hosker surgiu agora, saltitando na curva do corredor, estalando energicamente os saltos dos sapatos, com aquele rastro de fumaça de cigarro que sempre seguia seus movimentos vigorosos.

"Um, dois, um, dois!", ele gritou ao longe no corredor, vendo-nos na escada de incêndio. Veio correndo para ver se estávamos fumando. "Não vai demorar muito agora, rapazes. Onde é que estão as garotas?"

John e eu seguimos Hosker corredor adentro. O último dos doentes de ouvido estava saindo bem naquele momento, um homem corpulento com bigode em forma de guidão que não parava de botar sua enorme mão em concha na orelha. Ele se virou e arreganhou os dentes para nós, com a mão em concha na orelha. Preenchi o vazio gritando "Tchau, vô!".

Ele assentiu vigorosamente e se foi.

"Rapazes, vocês não fumaram, fumaram?", Hosker falou.

"Fumei meu último ontem de manhã", menti.

"Onde *está* essa gente!", John exclamou, pesaroso. "Preciso fazer umas compras hoje à tarde."

Estávamos esperando pelo resto da garotada metida conosco naquela tramoia. De vez em quando, mais ou menos duas vezes por semana, Hosker nos encontrava lá para uns testes de garganta. Ele tinha uma espécie de máquina colorescente que fazia leituras da relativa inflamação da sua garganta depois de você fumar determinada quantidade de cigarros. Hosker tinha ligações com certa empresa de cigarros; era engenheiro químico, e ele mesmo tinha inventado a engenhoca fantástica. A ideia toda dos testes, que por sorte se arrastaram por meses a fio, era provar que a marca de cigarros dessa empresa tinha menos efeito inflamatório na garganta dos consumidores do que as outras marcas. Veja bem, era tudo científico. Não devíamos fumar por doze horas antes dos testes. Depois da primeira leitura, todos nós ganhávamos cigarros e éramos orientados a fumar que nem condenados, coisa que então fazíamos. Todos nós fumávamos marcas diferentes. Ficávamos todos sentados lá fumando, conversando, enquanto Hosker corria em volta fazendo seus registros por algumas horas a cada visita, e em troca nós todos ganhávamos cinco dólares. Hosker era a nossa pequena, feliz, vigorosa e amável mina de ouro. Ele era realmente uma pessoa muito legal. Isso fica comprovado pelo fato de que, depois de um tempo, a garotada passava a chamá-lo simplesmente de "Hosker" e até a fazer piada de sua invenção. Hosker levava tudo na maior amabilidade, como mostrei. Ainda por cima, Hosker tinha um ótimo emprego e não estava nem aí para nada. Esses homens sempre revelam ser os melhores. Não guardam nenhum ressentimento do tipo que salta e nos morde.

Dobrou a curva, agora, o bom dr. Schoenfeldt. Ele conferia uma pitada de legitimidade médica àqueles testes. Hosker era tido como assistente de Schoenfeldt, mas dava para ver na hora que Hosker entendia mais do assunto. Suponho que Schoenfeldt tivesse sido contratado pela empresa de cigarros só por seu nome e seu prestígio, e, como falei, para conferir aos testes, aos experimentos, a necessária ratificação profissional. O dr. Schoenfeldt era um refugiado alemão de aspecto distinto. Sabia um pouco sobre o funcionamento da máquina colorescente de Hosker, claro, e sobre tudo mais relacionado aos testes, claro. Contudo, nos testes propriamente ditos, eu tinha uma sensação de que ele devia ter agido mais como assistente de Hosker do que qualquer outra coisa. Hosker havia inventado a máquina, e, quando ela parava de funcionar, ele mesmo a consertava. De todo modo, eram ambos bons sujeitos, e nós estávamos ganhando nossos cinco dólares por sessão.

Foi um dos empregos mais agradáveis que já tive. Até diria que foi *o* mais agradável.

Schoenfeldt planou até a antecâmara para pendurar seu casaco e perguntou bruscamente, com acentuado sotaque alemão, onde estavam as outras cobaias. Hosker acendeu um cigarro e bateu o pé no chão. "Essas garotas sempre chegam atrasadas!", ele disse. "Vamos, Paimpol", ele me disse, "monte no seu cavalo branco e vá buscar as garotas."

A única coisa que eu consegui retrucar foi "Com o maior prazer, se você me arranjar o cavalo branco". Uma tirada boa merece outra.

Hosker entrou na sala onde a máquina da garganta estava e começou a se azafamar. O dr. Schoenfeldt entrou no escritório e ligou para sua esposa. John e eu ficamos esperando, e eu estava louco por um cigarro. Cutuquei John e levei dois dedos aos lábios, o que é um sinal para dar a entender que você quer fumar. Ele deu de ombros e nós saímos de novo para a escada de incêndio.

Lá eu acendi um cigarro e dei três longas baforadas, compartilhando-as com meu companheiro. Inalei tão profundamente que a fumaça ainda saía de mim quando voltamos ao banco do corredor.

"Que droga", eu falei, alongando as pernas, "vamos indo."

Era hilário o modo como todos nós reclamávamos daquele trabalhinho, como se fôssemos foguistas exigindo melhores condições de trabalho na sala das caldeiras.

John ainda remoía seus sonhos, e agora ele deu uma risadinha. "Deus, mas se esses sonhos realmente continuarem eu vou enlouquecer, vou mesmo, Joe. Aqueles chapéus!, aqueles malditos chapéus! Eu fico me perguntando se não há algo de homossexual em alguma parte..."

"Certos tipos de chapéus podem ser chamados de símbolos fálicos."

"E também, sabe, minha mãe e eu, nesse outro sonho, estamos num refeitório. Eu peço justamente o seguinte: espaguete e salsicha. Porém, antes de chegar a comer o espaguete, eu quero que o molho seja tirado numa espécie de máquina limpadora de espaguete. Salsichas! Símbolos fálicos!, você não acha?" Ele soltava risadinhas incontroláveis. "E esse negócio do espaguete, ah, Deus!" Quando John dizia "Ah, Deus", dava para ouvir por todos os lados, ecoando para lá e para cá. "Alguma espécie de símbolo uterino aí. Recém-saído do ventre, o espaguete precisa ser limpado de seu molho de tomate."

"Um prato encantador", eu falei, satisfeito comigo mesmo. John estava realmente aflito com aqueles sonhos, mas eu não poderia lhe dar qualquer ajuda sob a forma de compreensão compadecida ou seja lá o que fosse. No sentido inverso, eu tinha certeza de que ele não responderia às minhas preocupações sobre a hipocrisia. E eu já conseguia sentir o meu interesse hostil perdendo força. Mais uma hora e eu estaria arengando sobre outra coisa. Nós somos todos loucos.

"Não sei", John falou vivamente, "o que a minha mãe diria de tudo isso, realmente não sei. Nossa!"

Hosker saiu e se sentou conosco. Ele tinha um jornal na mão e começou a lê-lo com nervosismo.

Esboço de subsequente sinopse: *Cidade pequena, cidade grande* (1948)

Após LIVRO UM: "A CIDADE PEQUENA E ALGUNS DE SEUS ACESSÓRIOS" e a introdução aos membros da família e seu mundo, no LIVRO DOIS: "UMA PRIMAVERA AMERICANA" nós descobrimos mais sobre a vida da família Martin na Cidade Pequena, situada numa paisagem verdadeiramente Americana e Primaveril, entretanto, com o início dos acontecimentos que conduzem aos diversos temas interconectados do romance, sendo estes: a família americana e como ela pode se desintegrar, para onde isso pode levar e o que isso revela de significativo sobre a cultura americana: nossa vida nos tempos de pré-guerra, guerra e pós-guerra: os significados profundos do sentimento-de--cidade-pequena e do sentimento-de-cidade-grande neste país, seus humores antípodas: a transplantação da "cultura" europeia para o interior da nossa, feita por párias e descontentes, como uma espécie de vingança pelo fracasso no rebanho e como um meio de salvação individual, e o perigo desse tipo especial de decadência ao nosso vigor nativo e à nossa saúde orgânica: e todas as nebulosas insinuações, significações, evocações, ânsias e incompreensibilidades de uma cultura não expressada – o catálogo todo das coisas e tonalidades americanas que apenas começaram a ser expressadas por escritores espiritualmente americanos como Fitzgerald e O'Hara e Wolfe, e negada por americanos como T.S. Eliot e Henry Miller e pelos escritores psicanalíticos que aparentemente acreditam que a "cultura" é um fenômeno exclusivamente estrangeiro.

Nessa seção há cenas explorando mais da nossa própria cultura e ao mesmo tempo o enredo ativo se encaminha para suas conclusões reveladoras. O pai Martin e o pequeno Mickey passam um grande dia juntos nas corridas e restaurantes e cinemas em Boston, e isso demonstra o pasmo e o deslumbramento do pequeno menino em justaposição à dignidade e ao amor do velho homem; há cenas mostrando Elizabeth Martin desamparada e apaixonada na chuva de abril, o estranho garoto amado por ela (Buster Fredericks) que não quer nada além de sua "trompa" para poder tocar blues e um dia se tornar um grande músico de jazz, e cenas românticas dos dois nos lugares solitários e selvagens aos quais vão na extática motocicleta dele, a música em seus corações; há cenas com Peter Martin e seus amigos, dança de salão no lago, partidas de beisebol, nado, e uma louca viagem bêbada para Vermont, conversas festivas de noite inteira – tudo isso preparando o palco para o páthos do fato de que quase metade desses garotos acaba morrendo na futura guerra; e Joe Martin se estabelece em Galloway, abrindo um posto de gasolina, dividindo seu tempo entre o trabalho e o esporte e namoros ao modo típico dos rapazes americanos; o jovem Charley trabalha no posto de gasolina de Joe; há cenas mostrando as atividades de bairro do pequeno Mickey, sua "gangue" e suas condutas, e também a vida privada elaboradamente imaginativa que ele leva em seu quarto com todos os tipos de jogo que ele inventa; há noites de sábado em maio quando a sra. Martin está sozinha em casa com sua prima, nas quais elas leem a sorte uma da outra em folhas de chá e fumam Fatimas, e a lua da primavera resplandece por entre as árvores em volta da casa e a noite toda é suave e rica; o pai joga boliche com os amigos, aposta nos cavalos, joga cartas, negligencia seu negócio e perde dinheiro; há cenas sobre Ruth Martin e seus encontros amorosos pela cidade e o grupo jovem no qual ela circula; e nesse meio-tempo há o emprego de Francis Martin em Boston, e o fútil e hesitante amor que ele sente por uma linda universitária que acaba fazendo com que ele se odeie ainda mais, suas solitárias perambulações por Boston, a amargura e o ódio por sua sina sempre fervendo. Através de tudo isso, como um fio ramificado, há o fato de que o sr. Martin está seriamente negligenciando seu negócio como um homem que está passando por uma segunda inquietação, e, além disso, ele não precisa das admoestações de sua esposa; em segundo lugar, a temerária Elizabeth insiste passionalmente na questão com seu amado e o convence a fugir com ela no futuro próximo, embora ela ainda precise terminar o ensino secundário.

No LIVRO TRÊS: "UMA CRISE NA FAMÍLIA", o pai Martin perde o negócio e declara falência, e Elizabeth foge com o jovem músico Fredericks. Mas esses são apenas os aspectos externos de uma profunda crise íntima na família. A respeito do desatino e descaso do pai, não há nenhuma tomada de partido sobre a questão no lar, a família inteira mantendo uma lealdade coesa e natural em face de qualquer adversidade. Aqui desejo mostrar que a família americana média não é feia e dilacerada por discórdia neurótica como pode supor tão facilmente quem lê grande parte da literatura sensacional atual: a ingenuidade do americano é a fonte de sua grande força. Agora a família precisa sair da velha casa Martin, o que é em si uma grande tragédia americana, e se mudar para um apartamento em Merrimacville situado entre moradias coletivas. Isso afeta os garotos de inúmeras maneiras. Para Elizabeth, fica mais fácil efetivar sua precipitada fuga romântica: ela e seu jovem marido migram para Hartford, Conn., que naquele momento é uma florescente cidade voltada à indústria bélica, e lá eles arranjam empregos nas fábricas de defesa e o jovem Fredericks toca seu saxofone à noite nos cabarés: todo o mundo dos *jitterbugs* é apresentado num clima de "blues in the night" que existia naquele tempo por todos os cantos do país. (Isso é desenvolvido até o 1946 do presente: considero que o jazz é um grande assunto para explorar.) Enquanto isso, Peter Martin é atingido duramente pela crise familiar: ele cisma a noite inteira na véspera de sua partida para o segundo ano da faculdade, onde se espera que ele se torne um dos grandes *halfbacks* dos últimos anos: no entanto, melancólico e com saudades de casa, ele subitamente larga a faculdade depois de apenas duas semanas, vagueia pelo Sul numa estupefação sonhadora e por fim retorna para Galloway, perdido, mas faminto. Ele quer trabalhar e ajudar a família, e arranja também um emprego em Hartford, onde passa dois meses de estranha alegria e solidão – o produto de sentir pela primeira vez em sua vida a inerente purgação do fracasso. Alexander Panos permanece um camarada devotado e amoroso. Então Peter volta para Galloway e arranja um emprego como redator de esportes no jornal de Galloway, onde a amargura, a raiva, a ânsia e a ambição assolam sua alma: ele está revisando por inteiro seus ideais de vida: há sempre algo de sedutor num jovem americano trabalhando num jornal e encontrando as feições mais cruéis de seu mundo-ao-redor na execução de seu trabalho, sempre algo escuro e pensativo, raivoso e apaixonado. Enquanto isso, Pearl Harbor chegou e tudo está ainda mais confuso. O jovem Joe quer se alistar o quanto antes, mas precisa escolher entre ir à guerra e ajudar a família, e, temporariamente, fica com a segunda opção.

Enquanto isso, o pai Martin, tendo criado animosidades em Galloway devido aos conhecidos excessos de seu temperamento, constata que terá de trabalhar fora da cidade na indústria gráfica. Ele mergulha, nessa altura, num longo período de solidão e labuta em baratos quartos de hotel longe de casa, e é aqui que ele começa a fraquejar na saúde e no espírito, o que acaba o matando: inúmeras frustrações se seguem à perda do negócio em Galloway: a fuga de Elizabeth, o abandono por parte de Peter de uma brilhante carreira universitária, a guerra, os apuros da família e assim por diante, com cada vez mais dor, derrota e arrependimento.

Rose e Ruth arranjam trabalhos bélicos. Contudo, de forma bastante compreensível, é o pequeno Mickey quem sofre mais com a situação toda: há cenas cheias de páthos retratando sua confusão e sua melancolia, como ele sente falta de seus antigos amigões da vizinhança e às vezes atravessa a cidade a pé com seu taco e sua luva para jogar com a antiga turma, mas eles já começaram a esquecê-lo. Quanto ao jovem Charley, está só esperando chegar à maioridade para poder ingressar nos fuzileiros navais e, enquanto isso, trabalha em empregos provisórios.

No LIVRO QUATRO: "TEMPOS DE GUERRA", entendemos a estranha e sorumbática vida que se desenrolou nos Estados Unidos durante a guerra. Peter ingressa na marinha mercante e viaja de um lado a outro por mares estranhos, há vários retornos a sua terra, ele está embriagado com o poder e o mistério das montanhas árticas e costas africanas, há tristeza e estranheza e saudade, e as grandes cenas de trem nos EUA com todos os soldados e marinheiros e jovens esposas, a condição de noite e solidão e perda que a guerra produziu na geração, as canções da época, os reencontros e as despedidas por todos os lados, a atmosfera de adeus e chuva noturna cintilando em lugares longínquos. Joe ingressa no Corpo Aéreo, e há o início de seu caso amoroso com uma garota do Oeste: ele é designado para servir na Inglaterra, e há cenas lá, particularmente um reencontro com Peter, de cortar o coração, na Londres apagada. Francis acaba sendo convocado, por sua vez, e é quase imediatamente colocado sob observação numa enfermaria psiconeurótica: as cenas aqui são da máxima importância e do máximo páthos, na medida em que revelam um dos grandes aspectos da guerra, a inabilidade que alguns têm de aguentar as durezas da guerra e a resultante confusão patética de rapazes que se julgaram loucos. Para Francis, é só mais uma prova de que ele é o único homem são num mundo louco. Seu pai o visita na enfermaria, e Peter o visita em outra ocasião. A loucura sombria de Francis ganha rédea solta. Os médicos percebem que Francis, embora não seja louco, é de fato inapto para quase todas as responsabilidades da vida, mas Francis desdenha dessas avaliações. Ele é por fim dispensado e vai viver sozinho e trabalhar em Nova York, onde seu espírito abatido afinal encontra um verdadeiro lar. Temos a mãe com suas ansiedades e temores e as cartas que ela escreve – (as cartas dos tempos de guerra oferecem um panorama de sentimento) – e sua solidão. Ruth parte para se juntar ao WAC*, onde acaba conhecendo seu futuro marido, um garotão de fala mansa do Sul, e há cenas do namoro e do casamento pouco antes de ele atravessar o mar para terminar em Okinawa, e sempre as viagens de trem, as despedidas e os reencontros e os sentimentos de adeus por todos os lados... O pai Martin continua trabalhando fora da cidade, e sua amargura contra a guerra e sua própria vida aumenta, ele vagueia, agora um homem velho, sozinho e vivendo em hotéis baratos e trabalhando a noite toda na indústria gráfica. O pequeno Mickey, enquanto isso, dedica-se a suas tarefas escolares com absorta devoção, e sua inerente ambição começa a transparecer. O pequeno Charley se alista nos fuzileiros navais e parte rumo a Quantico para treinamentos, e há uma cena em que ele encontra Peter em Washington pouco antes de atravessar o mar, na qual ele e o irmão passam uma noite melancólica sentados no parque em frente à Casa Branca em meio a todos os outros garotos-soldados dormindo na grama, uma cena de desperdício e desolação juvenil com as luzes quentes ardendo nas janelas da Casa Branca... (Charley não volta de Tarawa, e Peter é o último dos Martin a vê-lo.)

A mãe Martin, numa tentativa desesperada de reunir a família, muda-se para Nova York, para o Brooklyn, onde o velho se une a ela e ambos vão trabalhar na cidade. O pequeno Mickey se vê repentinamente nas ruas vociferantes da Cidade Grande, confuso e assustado, e nas escolas públicas do Brooklyn. Os outros garotos voltam para casa às vezes, Peter (que passou a morar com uma moça entre as viagens marítimas, com um bando selvagem de jovens garotos da guerra), ou Francis ocasionalmente para jantares dominicais, ou Joe numa licença, Ruth do WAC volta para casa de licença, e Rose (que é agora uma enfermeira) –, há Natais alegres e jovialidade, mas sempre, mesmo assim, há uma

---

* Women's Army Corps, o corpo feminino do exército americano. (N.T.)

condição de algo desaparecido e perdido, de adeus, um sentimento de que tudo é adeus, com as grandes cenas de tempo de guerra nos Estados Unidos e no além-mar, e todas as coisas que aconteciam, a bebedeira e o desespero da época entre os jovens, a solidão dos mais velhos, e noite e o adeus e a chuva desolada, e as cartas que as pessoas escreviam...

Peter recebe a notícia de que Alexander Panos morreu em combate na Itália, e em sua grande tristeza ele viaja para Asheville, o lar de Thomas Wolfe, para onde ele e Alexander iriam juntos depois da guerra... E há Peter na noite das Montanhas Great Smoky esperando pelos fantasmas de Alexander, de Thomas Wolfe, de uma visão americana perdida, de todos os americanos perdidos na guerra... E o trem ao longo do rio perto de Asheville uiva como uivou por Wolfe tanto tempo atrás.

No LIVRO CINCO: "A CIDADE GRANDE", chegamos afinal aos grandes significados da alta civilização e do sentimento-urbano e ao específico impacto disso sobre a família Martin. Como a família batalha pelo labirinto de enigmas, conflitos e fatais complexidades da vida na cidade, por toda a tensão e todo o ceticismo que impregnaram Nova York e diversos outros grandes centros urbanos americanos e que são alheios ao pulso profundo da vida nos Estados Unidos das cidadezinhas, como a família sai mais forte – essa é a expressão de um verdadeiro otimismo pela humanidade americana, baseado nos fatos da vida americana e fundado na natureza e na substância da vida aqui. Não há propósito no pessimismo exceto a morte, nenhuma meta no criticismo petulante exceto a destruição e nenhuma finalidade no ódio deste país e deste modo de vida exceto o abismo. Acredito que o americano é um homem comum e que sua meta é a simplicidade. A cultura americana é tão jovem que ainda não aparou as arestas de sua forma, nós ainda temos "minorias" e ainda temos indivíduos e grupos marginalizados e decadentes em meio à "maioria" ou à "turba", ainda temos a efetiva infiltração de ideologias políticas estranhas, e bastante confusão e conflito – mas a coisa vai ganhar forma, e já chegou o tempo, em particular para os escritores americanos, de pararmos de pedir desculpas à cultura europeia por sermos americanos e de avançarmos na plena primavera de uma cultura e uma sociedade novas. Isso é "americanismo", mas um "americanismo" mergulhado abaixo da superfície política do termo, até as raízes profundas de um efetivo sentimento nacional que não pode ser negado, até o domínio da "língua impronunciada" dos Estados Unidos.

Agora, nesse livro cinco, tomam conta de Peter Martin a desolação e a apatia espiritual do sentimento-urbano, nesse caso em particular os reinos do "intelectualismo" e da "emancipação" que encontram tamanha aprovação nos centros urbanos do pensamento. Peter, com coração amoroso, busca o "esclarecimento" – e, como todas as outras pessoas que trilham esse caminho numa cultura inacabada, acaba deparando somente com o decadente existencialismo da cultura europeia. Como Peter, passando de toda essa gama à anarquia espiritual e à farsa sofisticada e até mesmo ao uso de drogas, e à última parada da alma europeia: cognição psicanalítica: como ele se vê por fim desejando morrer sob o peso esmagador do pessimismo excessivo. Um de seus amigos decadentes comete um assassinato, no qual Peter está envolvido, e nessa sequência a plena flor *du mal* de uma cidade baudelairiana é mostrada dramaticamente, com todos os fins sombrios da noite, o mal e a perversão, a brutalidade e a sordidez romana, seja lá que importância isso tiver. (Esse material está contido no romance de assassinato de Phillip Tourian.) E há vadios criminosos, viciados em drogas, pequenos gângsteres, antros de marijuana e cenas em fantásticos casebres e esconderijos do Lower East Side ao longo da orla que dão a Peter, afinal, a percepção de que a cidade é uma ilusão cruel... A Brooklyn Bridge, para ele, já não voa rumo à liberdade, pois agora ele viveu sob sua barriga suja e a viu se esticar gananciosamente pelo céu para pegar o Brooklyn – e ele também conheceu o Brooklyn, conheceu bem. O desespero que toma conta de Peter é quase definitivo: ele começa a sentir a necessidade de voltar aos significados originais de sua alma, ele se debate pela estrada como um animal ferido... E enquanto isso Francis está envolvido em sua própria decadência sombria, entrega-se a diatribes literárias contra a cultura americana nas pequenas publicações metidas a besta da cidade, frequenta panelinhas sofisticadas pela cidade e anuncia que está "esperando a bomba atômica cair" e todo esse tipo de coisa. Ele está se preparando para o beco sem saída de uma vida de amargura e incalculável descrença – para um suicídio espiritual. E Elizabeth Martin, depois de passar alguns anos de seu casamento com Fredericks em fábricas da indústria bélica por todos os cantos dos EUA, e depois da inevitável e violenta separação do casal, volta-se agora a uma vida louca e temerária de excessos dionisíacos, operando ao longo das margens do mundo do jazz (ela se tornou uma vocalista de primeira categoria) e das drogas e da alta prostituição ao longo da Broadway... mas sempre cheia de uma sensação de perda e de saudade da vida que havia conhecido em Galloway. Isso é efetivamente o que a Cidade Grande fez com os três Martin...

Mas o resto da família, como que por uma necessidade interior, aferra-se de modo inconsciente à força espiritual da cultura americana. Agora que o jovem Charley está morto, o pequeno Mickey – quase dezesseis anos de idade – começa a deixar um histórico brilhante na escola e se prepara para entrar numa escola preparatória com uma bolsa acadêmica e atlética, assim como acontecera com Peter anos antes. No alarido do Brooklyn, Mickey não deixou de se tornar um rapaz tranquilo e desembaraçado, quase como se a morte de Charley tivesse transferido sua grandeza para ele, e também vemos que, ao contrário de Peter, Mickey nunca irá conhecer o excesso de dúvida e experimento por causa dessa atmosfera que escolheu para si – o domínio da ciência e da técnica que não para de se abrir na América. Mickey vai virar um engenheiro. Enquanto isso, a saúde do pai fraqueja, em grande parte devido a seu ódio da cidade e sua solidão pelo velho modo de vida da Nova Inglaterra – pois, para ele, o país todo está caindo aos pedaços conforme ele vê alguns de seus filhos soçobrarem tão tragicamente ao passo que os outros precisam lutar tão bravamente: a morte do pequeno Charley em Tarawa, os subsequentes ferimentos de Joe na Europa, a devastação da guerra em sua fé e sua alma, as desgraçadas quedas de Peter, Francis e Elizabeth em seus verdadeiros desesperos e a fenomenal ascensão do "esquerdismo" e da simpatia marxista na América durante a guerra, sobretudo nas áreas dos grupos de pressão da cidade, por todos os lados ao redor dele – tudo isso convence o velho raivoso e doente quanto ao declínio de sua amada América. Ele espera sozinho em casa no Brooklyn enquanto Mickey está na escola, a mãe está trabalhando e Peter vaga infrutiferamente pelas ruas – e ele chora e resmunga e reza e desafoga sua raiva aos gritos. O médico, agora, dá menos de um ano de vida para o sr. Martin: ele tem um tipo de câncer... Para Peter, testemunhar a morte lenta de seu outrora poderoso pai é a culminação do desespero.

Enquanto isso, o jovem marido sulista de Ruth retorna de Okinawa ferido, e os dois começam a vida juntos lentamente (a guerra acabou agora), enfrentando todos os sérios problemas do pós-guerra com os quais todos os jovens casais veteranos como eles se defrontaram em 1945. Os dois não conseguem encontrar um lugar para morar, o rapaz está exausto, os preços são altos e os salários são baixos no Sul e todo esse tipo de coisa. E Rose, enquanto isso, está casada e morando na Nova Inglaterra. Isso reduzira o tamanho e a força da família Martin, e o velho está morrendo...

Mas Joe Martin está voltando do além-mar para casa, e, depois de uma breve e apaixonada reconquista de sua garota, durante a qual ele se vê mordido de ciúmes e assolado por todas as confusões do veterano retornado, casa-se com a garota e a leva para casa consigo, no Brooklyn, e trata de tentar manter a família unida – pois Joe acredita inconscientemente na família e sempre vai acreditar.

E é nesse momento que o pai morre.

No LIVRO SEIS: "MORTE E RESSURREIÇÃO", a cena decisiva, o clímax da história, é o enterro do pai Martin em sua velha cidade natal de Lacoshua, em New Hampshire. Aqui, todos os membros da família voltam a se reunir, as ovelhas desgarradas e os fiéis e as ovelhas negras também, os desesperados e os corajosos, no cenário de sua terra original... a terra da Cidade Pequena...

E nessas cenas todo o clima e toda a tendência do romance são vistos num vislumbre iluminado. O que pensam essas crianças enquanto olham o pai no caixão e recordam os anos de vida na Nova Inglaterra, a guerra, a Cidade Grande atrás deles? O que sentem? O que dizem uns aos outros? O que ocorre em suas almas quando contemplam o velho sendo devolvido ao fundo da terra no velho cemitério?

Eles se veem outra vez na velha paisagem da verdadeira vida americana, depois de guerras e cidades e confusões e loucura, veem o pai no caixão e recordam tudo – cada um a seu próprio modo... E é Peter quem se sente dominado pela maior emoção de sua jovem vida, quem enxerga tudo afinal na luz purificante do amor e da devoção, quem se dá conta dos significados profundos da vida e do amor e da coragem e da morte. Parece-lhe, enquanto ele vê o pai ali deitado no caixão com as mãos manchadas de tinta dobradas perante seu sério e sereno rosto morto, que uma grandiosa e delicada demonstração do único significado supremo da vida está sendo feita para ele – pois ali está seu pai, cercado pelos filhos e filhas e pela esposa de sua vida, e pelos estimados velhos amigos e parentes de sua Nova Inglaterra natal, na velha New Hampshire, na pensativa noite da colina, tudo isso depois dos anos amargos de estridente ar do Brooklyn, de doença e raiva e ânsia – ali está a realização de uma ambição de seu pai, de volta em casa e finalmente na companhia de seus entes queridos e em sua verdadeira terra, mas agora ele está morto, está morto depois de tantos anos de sofrimento e solidão e ânsia, e de repente parece a Peter, parado de pé diante do caixão, chorando, que toda a riqueza à qual a alma ansiosa de seu pai se devotara, uma riqueza americana, agora lhe retornando depois da morte, quando ele já não podia se aperceber dela, é uma riqueza de ânsia – e que, na vida de um homem como aquele, o desespero é deixado de lado porque o coração deseja amar e ansiar pela vida –, e Peter se dá conta de que ele também haverá de se tornar um patriarca em sua vida, ele também haverá de se empenhar e se encher de ânsia e amor, em face de qualquer coisa e de tudo. Ele percebe agora que a vida no mundo de todos os seus pais, na América, é infinita ânsia e coragem e simplicidade – e percebe que ele, Peter, terá de deixar de lado as dúvidas e os pessimismos da Cidade Grande e retornar à terra e à vida de seu pai... Elizabeth Martin também se vê oprimida pelo arrependimento ao ver seu velho pai no caixão. Ela decide ali mesmo voltar para casa e recomeçar a vida... Mas Francis se mantém em sombrio silêncio num canto escuro e não diz nada. A pequena viúva, a sra. Martin, está cercada por três grandes filhos agora – Joe, Peter e Mickey. A família vai voltar à vida – é morte e ressurreição...

Depois do enterro, Peter se transforma lentamente numa nova pessoa, retorna à velha personalidade americana que tinha na parte inicial do romance, mas fortalecido, agora, por uma espécie juvenil de sabedoria e por sólidas amizades e nova esperança. Ele é fortalecido pelo exemplo de seu grande irmão Joe e advertido pelo exemplo de seu irmão Francis, e ele, Peter, o Alióchados Irmãos Martin, toma conta do clima da parte final, pois ele é a figura central em todo o sentido desdobrado da história, ele é o unificador de todas as variedades de possibilidade humana e americana na família, e ele avança, afinal, como um americano verdadeiro e *crente*.

Aqui o pasmo e assombro e deleite essencial da vida americana se reafirma nas últimas páginas do livro, com todas as nuances de alegria e gravidade pueril que existem na cultura, e, na ressurreição que acomete um país depois de uma guerra e as vidas das pessoas depois de uma morte, encontramos Peter, o unificador, visitando todas as cenas dessa ressurreição – o novo lar e a nova família de Joe na Nova Inglaterra, onde o velho marrom dourado do júbilo americano nasce outra vez; um jogo de futebol no qual Mickey Martin é a estrela celebrada por seus camaradas; ele visita Ruth e seu marido no Sul, compreendendo as esperanças e intenções deles e sentindo de novo a poderosa onda da vitalidade americana correndo em seu sangue por causa de todas essas coisas; ele faz planos para sua vida e sua carreira e seu futuro patriarcado; ele viaja para o Oeste e vê o panorama da América se alargando diante de si... e ele recorda, ele recorda – seu pai, o garoto perdido Alexander, a garota que ele amara na cidade grande que acabara com esse amor, seu irmão Charley, seus camaradas mortos, ele se lembra de tudo e fica mais forte dentro da onda da verdadeira força americana (que não pode ser encontrada na Cidade Grande). Pois ele veio a perceber que "o inferno é a incapacidade de amar" – que as alegrias e tristezas da vida são os necessários sombreamentos de uma alma corajosa – que o homem é um animal cultural passível de santidade e caráter, e não um "cérebro" de consciência excessiva – que não há um porquê – que há sempre alegria, há sempre beleza, há sempre vida e suas infinitas coisas quando o homem se empenha em sua alma.

Todos os personagens do livro são finalizados de acordo com seus desenvolvimentos, incluindo o jovem assassino (que sai da cadeia arrependido, quase virtuoso, e cheio de novos sentimentos de coragem e ambição e amor); nenhum é abandonado à deriva nos trechos iniciais da história. O vasto número de tais personagens, conhecidos e amigos de Peter, dá ao livro uma ampla cobertura de tipos e destinos americanos.

Escrevo com gravidade e alegria porque não me sinto cético e sagaz quanto a essas coisas, e acredito que esse é um sentimento americano. (Nenhum Joyce, nenhuma Austen, nenhum Kafka tem algo a dizer para um verdadeiro americano.) Se grande parte da escrita parece ser clara demais, é só porque quero que a maioria dos leitores entenda o que se passa na história, porque acredito que o americano médio consegue entender tudo e qualquer coisa, contanto que não lhe dirijamos a palavra na língua estrangeira da consciência cultural europeia.

Algumas conclusões de
Cidade pequena, cidade grande (1948)

Uma forma de masoquismo (ou amor à impotência) e algo semelhante a certa espécie de *impetuosidade* parece formar a mais conclusiva evidência relacionada àquilo que venho chamando de "decadência intelectual". Isso, que ocorre nos modernos Centros Urbanos da América, junto com a vida superlotada, assolada, brutal e insalubre dos Centros Urbanos em geral, deveria ser o tema principal a ser elaborado e concluído no episódio da Cidade Grande.

    O masoquismo ocorre em várias formas, mas brota das mesmas profundezas padronizadas, da mesma psicologia, da mesma "estrutura de caráter" ou, se não desse termo reichiano, ao menos da mesma dissolução de caráter. Envolve uma verdadeira queda da masculinidade. Digo isso no sentido mais direto. E simultaneamente, nas mulheres, envolve uma verdadeira queda da feminilidade, também no sentido mais direto. Ele deixa o homem impotente nas situações reais da vida *real*, isto é, uma espécie de vida primária que é arbitrariamente soterrada pelas convenientes formas-da-cidade-grande que não podem e nunca irão durar. Eu me lembro distintamente de sentir, nos meus dias boêmios de cidade grande, um horror pela vida fora da cidade, como se eu estivesse protegido dela; tendo efetivo horror à própria zona rural em si. Esses sentimentos eram reais. Um sonho que tive recentemente me convenceu de que é verdade: de que a impotência é a base de todas as formas neuróticas na mente. É uma Descrença Urbana no arbítrio. Homens Urbanos como

Kafka e Spengler* adoram mais do que tudo as delineações do horrível destino que um homem é incapaz de mudar, pelo qual um homem é condenado. Visto que a ideia americana é uma ideia de arbítrio acima de tudo, o simples fato de a impotência e a ausência de arbítrio entrarem nos nossos Centros Urbanos é um fato perigoso indicando um declínio de caráter e legítima fibra numa geração. Nessas situações, a mulher é destituída de sua essência feminina e deixada *hors de combat*** – verdadeira esterilidade, descrença no casamento, lesbianismo, feminismo--falante, frustração geral, torpeza impetuosa.

Grande parte da magnanimidade do nosso "liberalismo" é relacionada ao masoquismo. O radical nova-iorquino que se precipita rumo ao Sul para "lutar pelo negro" está apenas demonstrando impetuosamente que é muito melhor do que nós: e ao mesmo tempo, claro, revelando que deseja ser punido. Isso é Burroughs, exceto que ele se volta para uma inversão de valores, de valores burgueses, em vez de inversões políticas. Todas essas partidas radicais são realmente *poses* destinadas a configurar uma comparação ofensiva, tão mal intencionada quanto a ofensa da riqueza e da posição e do sangue. Visto que nenhuma dessas coisas diz respeito ao curso geral da humanidade americana (e tampouco ao mundo ao redor), eu concluo que as pessoas não são loucas, é a intelligentsia que é louca. As pessoas têm paciência, um senso de humor, sanidade, ocasional brutalidade ou violência, mas no final elas são justas e honestas, e fortes. Portanto, é fácil perceber como uma intelligentsia que se baseia em Centros Urbanos e dispõe das grandes ferramentas modernas de disseminação de notícias e comunicação pode afinal exercer uma influência destruidora sobre os filhos das pessoas, e arruinar futuras gerações. Meu próprio motivo para dizer todas essas coisas é em parte ofensivo, em parte impetuoso, na maior parte sério e preocupado com a subsistência das pessoas: se não

---

* e Freud num sentido mais insidioso
** Do francês: fora de combate, incapacitada. (N.T.)

fosse assim, creio que eu não as diria, não me esforçaria tanto para dizê-las num cerco de dois anos (no auge de uma sensual busca pelo prazer que existe na maioria dos homens de vinte e poucos anos).

George Martin está morrendo no final da história, mas ele se segura até o amargo final com espantosa dose de resistência, humor e coragem (o que efetivamente aconteceu com meu pai). E mesmo no momento da morte ele amaldiçoa o dia em que largou seu negócio em Galloway num esbanjamento masoquista, e começaria tudo de novo se pudesse. Sua enfermidade excessiva, no entanto, deixa-o sensível e infantil e quase virtuoso, e ele pode chorar num minuto e subir pelas paredes no minuto seguinte, dependendo do clima. Há um forte traço de virtuosismo cristão e idiotia ao modo de Míchkin correndo nas veias dos homens, sobretudo nos Martin *père* e filho, mas a própria existência desse traço, que lhes rouba força, intensifica neles, mesmo assim, o senso da real e imediata justiça na vida. Essa é a mistura adequada, creio.

PARTE III
JACK E LEO KEROUAC

Leo Kerouac serviu de modelo para Joe Martin em *A vida assombrada*. Esta seção começa com uma série de cartas enviadas por Leo para Jack e a irmã mais velha de Jack, Caroline (chamada afetuosamente de "Nin"), nas quais a volubilidade política do pai se mostra por completo. O conteúdo das cartas de Leo, enviadas a Jack durante sua breve estadia em Washington, D.C. em 1942, percorre uma variedade de assuntos, desde críticas de filmes e livros até a especial causticidade reservada para Franklin e Eleanor Roosevelt. Escrevendo na esteira da perda de sua gráfica – em grande parte devido a sua própria incompetência administrativa e a seu comportamento perdulário –, Leo também manifesta uma grande dose de desprezo por Lowell (muitas vezes referida como "Stinktown"*) e pelo treinador de futebol de Jack na Universidade de Columbia, Lou Little (referido numa ocasião como "wop"**). À parte os aspectos incômodos, a carta datada de "Noite de sábado '42" contém uma seção final intitulada "RESCALDO", cujo estilo brincalhão teria sido, sem dúvida, apreciado pelo filho.

Além disso, os dois esboços datilografados de autoria de Leo ("Um esboço de Gerard" e "Um esboço de Nashua e Lowell") sugerem que o Kerouac mais velho pode ter exercido alguma influência precoce sobre o desenvolvimento dos interesses literários e do estilo de Jack. O vívido sentimentalismo contido no esboço que Leo faz de Gerard – o irmão mais velho de Jack

---

* Algo como "Cidade Fedorenta". (N.T.)
** Ver nota na página 38, Parte I. (N.T.)

que morreu de febre reumática aos nove anos – serve como um presságio das descrições que o próprio Jack faz de seu irmão em *Visões de Gerard* (1963). O esboço subsequente de Nashua e Lowell visa em parte criticar as tendências ateísticas do jovem Jack, com Leo chegando a perguntar abertamente se seu filho tem a determinação necessária para superar os anos de guerra – ou superar a vida em geral.

Leo – que nascera sob o nome de Joseph Alcide Leon Kerouac em 1889, em Saint-Hubert de-Rivière-du-Loup, Quebec – morreu de câncer no estômago em maio de 1946. Os três documentos restantes nesta seção, escritos por Jack, revelam a complexidade da relação do filho com o pai volúvel e intolerante, mas devoto. O longo registro de diário de 1945 lida um tanto especificamente com a doença de Leo e declara, em certo momento, que os abalos da enfermidade expulsaram de Leo suas obsessões raciais. Também captura Jack no fulgor de seu arrebatado encontro com o intelectualismo nova-iorquino, contendo referências a Céline, à *Partisan Review* e à "Nova Visão" de Lucien Carr. Ao afirmar seu interesse em escrever uma saga épica da vida americana, movida por um "ímpeto de compreender o todo numa só tacada, e de expressá-lo numa única obra esplêndida", Jack também admite se sentir alienado pelas crescentes preocupações e instituições da nação – assim como o fez nos documentos de *Cidade pequena, cidade grande* incluídos na seção anterior.

"Um exemplo de prosa não*espontânea e deliberada", escrito no estilo jazzístico pelo qual Kerouac é mais famoso, evoca suas memórias mais remotas de Lowell e Leo. Com efeito, a prosa não espontânea referida no título logo revela ser a de Leo, à medida que Jack se recorda carinhosamente de seu pai sentado diante de uma máquina de escrever, labutando num editorial para seu tabloide local, o *Lowell Spotlight*. A labuta de Leo contrasta com o teor confiante e espontâneo das recordações de Jack, marcadas por uma frase inicial que se estende por 316 palavras.

O último documento reunido aqui, um fragmento meditativo de 1963, foi escrito nessa mesma veia espontânea. Nele, Kerouac enaltece o pai por sua sinceridade, qualidade à qual sua própria obra aspiraria de modo consistente.

T.F.T.

Cartas (1942-1943)

Leo Kerouac

Sexta '42
Querido Jack,

Peguei seu endereço com a sua mãe. Ela me falou sobre a sua viagem a N.Y. – e espero que você seja bonzinho e me passe as novidades em primeira mão.
 Washington deve ser um hospício e você tem muita sorte de estar na dianteira dessa histeria. Até acho que ganhará uma experiência inestimável, que nos anos vindouros vai ser de grande valor. Este país está passando por uma fase que você nunca mais irá enfrentar. Que futuro esquisito a sua geração vai ter pela frente. Eu achava que tinha vivido uma era incrível, mas ouso dizer que a sua geração vai fazer história como nunca antes neste mundo.
 Assentamos os alicerces, nós, os velhotes, com nossos anos inventivos e no geral enérgicos, e agora vamos ao grande prêmio! "Segurem essa, garotos, vai ser um colosso!" Petróleo. Esse aí vai jorrar que é uma baleia. E eu espero que os operadores saibam manejá-lo. Chovendo agora, caramba! Será que vão conseguir tampar e controlar?
 Vá fundo, Jack! Pegue tudo. Fique longe de Lowell. Trate de ver o mundo. Use a sua cabeça e o seu coração. Lembre-se dos seus velhos. A sua mãe te ama, e Caroline e eu estaremos de prontidão e isso é tudo que podemos fazer.
 Não meta ideias falsas na cabeça. Não pense, por exemplo, que desisti de você. Você é um garoto estranho, mas é ainda o

meu queridíssimo filhinho agitado e maluco com o velho chapéu franjado, um saudável bronzeado escuro, louco por sorvete e pelas comidas deliciosas da sua mãe.

O que você fez quanto a Joe Doakes?* No fim ele rendeu o quê? Nisso, sabe, você tem uma ideia verdadeira. Deixe passar um tempo. E então, digamos que daqui a uns seis meses, vá em frente com unhas e dentes e dê tudo de si, e algo de bom vai surgir, acredite em mim.

Você quer, provavelmente, algumas notícias minhas. Jack, consegui o empreguinho com o qual sempre sonhei. Bons chefes. Ótimos companheiros de trabalho – (espero que você apareça para me ver uma hora dessas. Vou te apresentar a minha nova turma) – e estou começando a recuperar a minha alma. Meriden é uma cidade pequena. Dois cinemas, mas vou a Hartford quase toda semana para ver um filme e jantar, e geralmente os meus dias são razoavelmente aprazíveis.

É solitário, claro, mas realmente não me importo. Segundo me dizem, Lowell está a todo vapor. Celebrando porque vão fabricar coisas para matar a juventude do mundo. Não é a sua velha Lowell de sempre? Deus, que pocilga. Graças a Deus não precisei ficar fazendo coisas assassinas e espero nunca precisar fazer. Eu ganho um salário pequeno, mas é tudo verde e não vem manchado de vermelho com o sangue do vasto exército dos desfavorecidos do mundo.

Minha saúde está boa, como regularmente, exceto esta semana. (Apostei num pangaré) sabe, então pulei alguns cafés da manhã. Não tendo a sua habilidade rapsódica com as palavras, eu poderia devorar uma grande refeição agora mesmo – e não faria diferença alguma na minha barriga. Eu gasto dezoito dólares regularmente, tudo ou nada, e é isso.

Seja *prático*, Jack. Estipule um orçamento, mande dinheiro para casa toda semana se for trabalhar, por entrega especial e *vale postal* – é o melhor modo de lidar com isso. Sua mãe me contou

---

* *Joe Doakes* é gíria de época para o homem comum, substituído depois por Joe Blow. Não fica claro a quem Leo se refere neste caso. (N.E.)

que você vai ganhar um bom dinheiro, então não o desperdice, e ele vai vir a calhar, depois, para concluirmos a sua educação.

Se você for convocado, aceite de boa vontade. Não seja um frouxo e encare o perigo nos olhos. Seja corajoso, confie na sorte, nem todo mundo se ferra! – e as coisas que você vai ver e com as quais vai topar vão fazer de você um homem melhor e maior. Você precisa colocar na cabeça que é um homem crescido e assumir as responsabilidades da sua nova posição.

Isso não é pregação, Jack, é só uma mensagem de incentivo, espero, para os tempos difíceis que você tem pela frente. Quanto a nós, precisamos assimilar o que tudo isso significa, nosso único filho enfrentando os horrores e as incertezas do que virá. É uma cruz pesada para carregar, e mais pesada para nós do que você pode imaginar.

Não sei se tudo o que eu disse até aqui significa alguma coisa para você, pois desisti de tentar atrair o seu interesse alguns anos atrás. Tenho noção do abismo entre a velha turma e a nova geração. Existem inúmeras coisas que não consigo entender a seu respeito, mas tenho fé de que o tempo e a experiência vão nos levar a um entendimento melhor, e você à beira de sublevações que serão tudo ou nada para você.

Então vou terminando por aqui e espero poder vê-lo em algum momento neste verão, talvez em N.Y. num domingo desses. Saem excursões toda semana e nós poderíamos nos encontrar se você decidir trabalhar em Washington.

Mande minhas lembranças ao Velho Roosie e à querida! querida! Eleanoah! – aquele docinho! Aposto que você sente o cheiro no ar quando ela está na cidade.*

Seja valente, seja alegre, seja um cara comum – sempre! É assim que se deve viver. Não se arrependa! Não se esqueça do seu Papai, da sua Mãe, da sua irmã – todos torcedores nº 1.

A velha doninha –
PAI

---

* Estas são referências depreciativas a Franklin e Eleanor Roosevelt. (N.E.)

Noite de sábado '42

Cão meu gato, então ganhei um filhote gigolô – isso é o que Roosie faz com todo mundo nos Estados Unidos, transforma as pessoas naquilo que elas não nasceram para ser – ou jamais sonharam que eram. Pergunte a Charlie Lindbergh e outros que tentaram pensar direito um pouco. De qualquer maneira, não permita que o carrossel de Washington o deixe permanentemente tonto.

Você está guardando dinheiro, garoto? Às vezes é uma tremenda mão na roda. Você mandou algum para casa? E se lembrou da sua mãe no Dia das Mães, ou será que uma loura o fez se esquecer dela?

Sua carta foi muitíssimo bem-vinda e me agradou imensamente. Espero que você arranje tempo para escrever com a maior frequência possível. Não entendi [sobre] o Brooklyn! Não tenho muito a dizer porque tenho medo de que, se eu disser coisas, você vai pensar que estou tentando fazer pregação. Se você tiver rabos de saia demais, vê se me manda um! Não tem por aí alguma ruiva rejeitada que não seja complicada demais? Uuhuu.

Ah, falando sério, Jack, vou para casa no Memorial Day, sendo um sábado eu vou ganhar alguns dias, e assim vou visitar meu lar. Uma beleza né não? Que pena que você vai estar tão distante, nós poderíamos ter um pequeno reencontro (Daria para organizar?).

Você me diz que tira cochilos no seu trabalho. Puxa, você deveria, espero, tentar manter esse trabalho. O dinheiro que você pode ganhar provavelmente vai lhe valer muito no próximo outono.

Estou divagando bastante. Não estou no clima mental para escrever e por isso considere este bilhete uma pequena saudação e meus fervorosos votos de bem-estar para você durante estes tempos difíceis – mantenha sua cabeça no lugar. Pense às claras, aja às claras, não deixe a sua vida se tornar sórdida.

– PAI

(RESCALDO – ou seilá)
Puxa, Jack, não sei. Preciso lhe falar sobre algumas das coisas boas com as quais topei nestas últimas semanas.

Li o livro mais recente de Upton Sinclair, *Dentes de dragão*, história claríssima sobre o que há em jogo nesse tiroteio todo. Não sei se você iria gostar – mas é um retrato muito claro da ascensão de Adolf Schicklgruber – e mostra direitinho como o poder da política opera nas mãos dos desmiolados!*

E para falar de um filme, 4 estrelas para "Butch Minds the Baby", uma história de Damon Runyon. Uma pequena joia, com risos de verdade, um bebê adorável, e humano! Gostei tanto que cheguei a me contorcer na poltrona. E um grande elenco também, espere até você ver o cara com os "oclinhos" que quase ficou cego de tanto beber trago na lei seca. São nova-iorquinos – e como! Ronnie Reagan e a curvilínea Annie Sheridan se saem muito bem em "*Em cada coração um pecado*" também. E o mais recente de Rooney. "Doc" [?] Kildare. A nova estrela como Kildare me parece ter cara de judeu. Que pena que não deram o papel a um garoto de verdade, é uma beleza.

Estou lendo traduções de Guy de Maupassant. Que paulada! Às vezes eu me pergunto se sujeitos como ele são grandes escritores ou simplesmente babacas comuns, duas-caras ordinários. Sem dúvida eles dão essa impressão em certos trechos – mas sabem contar boas histórias, e como adoram o [?]. Consigo imaginar como seria lê-los em francês!

---

* A referência aqui é a Adolf Hitler e se baseia em algo que era na época uma crença popular (mas errônea) de que Hitler ganhara originalmente o sobrenome de sua avó paterna, Maria Anna Schicklgruber. (N.E.)

Bem, de todo modo, tchauzinho, meu emprego é o melhor que já tive e estou cruzando os dedos. Nossa, espero que você jogue futebol no próximo outono. Eu estaria perto o bastante para pegar um jogo.

PAI.

*Sexta 5 nov., 1942
Oxford Arms
[?]
Meriden, Conning Towers*

Meu querido e imprevisível descendente,

Eu gostei muitíssimo do conteúdo de suas escrevinhações recentes. Esse cerebelo recoberto de cabeleira espessa que você tem está certamente gerando uma abundância de visões inesperadas – é bom sinal um homem tão jovem enfrentar coisas reais e tentar resolvê-las de modo racional. No devido tempo, seus esforços e os esforços dos muitos que são como você poderão criar um mundo mais habitável. É um saudável sinal.

Suas concepções poéticas estão além do meu alcance mas não posso deixar de admirar as coisas que elas sugerem. Sua diatribe sobre as políticas do mundo futuro é bem-acabada e acredite no que digo o pensamento francês na literatura e o esforço sempre tenderam a um ideal de paz e segurança mundiais, e aí você tem uma boa base. A democracia é um campo aberto demais para a pequena nobreza sôfrega e perspicaz que vagueia pelo mundo. Pobre Rússia, ela é tristemente incompreendida, mas seu movimento na direção certa poderia nos levar todos ao rumo certo no fim das contas. Você menciona a rixa Willkie-Roosey. Bem, me parece que temos um homem capaz de levar a melhor sobre a velha raposa [?] Eleanor e suas atividades com os novos movimentos. Bem, lá no fundo acho que Roosey quer se manter no topo não importa o que o futuro trouxer – e Willkie fez uma jogada de mestre quando levantou a ideia pouco antes da nossa eleição ainda fumegante sobre a efetiva quantidade de ajuda que nossos aliados estavam ganhando de nossa estonteada Washington.

Então fica reforçado que os bilhões estão sendo sacrificados pelo [?] e só pinga nos bolsos dos políticos, e estamos chegando rapidamente a lugar nenhum. Então aí temos o primeiro ponto para Willkie. Ele vai entrar em cena depois e recolher os despojos da turma que já está em cena, raspar a grana deles [?] um grande serviço de guerra e ser o Lincoln dos dias atuais, e eu não ficaria surpreso se ele precisar fazê-lo [?] jeito ele ficará contente de chefiar o serviço. Ele é um bom chefe sabe.

Seu histórico, homem contra homem, fica tão à frente do de Roosey em efetivas conquistas quanto o dia em relação à noite. Roosie nasceu nadando em dinheiro e não larga mão de seus confortos a menos que alguém os arranque dele. Willkie deu duro para conseguir o dele e não tem grande coisa, conviveu com trabalhadores e tem respostas para dar. Isso faz algum sentido para você? Se Willkie enxergar a luz, ele poderá se dar bem. Essa é a minha reação.

Você me pede para descrever os patetas de Stinktown. Eu ficaria com câimbra na mão e há patetice demais. Eu precisaria de uma máquina de escrever – e não tenho uma, junto com um monte de outras coisas que não tenho. Afinal de contas, o resultado seria um mero apanhado representativo de imprestáveis insignificantes, e isso já foi feito um milhão de vezes.

Então você está fora do futebol em Columbia. Como isso se sustenta. Nenhuma das minhas observações estava tão errada assim. "Um peido com qualquer outro nome" federia do mesmo jeito. Você é igual ao seu velho pai – apostou seus trocos no cavalo errado dessa vez – mas outros tempos, outros lugares – não é tarde demais. Você deveria tentar os Navais e com alguma sorte você acabaria entrando. Quero ver chegar o dia em que você poderá mostrar ao Velho de Merda que você é um homem melhor do que ele. *Wops!**

Li de cabo a rabo um desses livros de Saroyan, 25 centavos capa mole. Ainda tenho ele comigo. Bem, minha sincera

---

* Leo se refere aqui ao treinador de futebol de Jack em Columbia, Lou Little, cujo nome de batismo era Luigi Piccolo. A referência subsequente aos "Navais" diz respeito à US Naval Academy, cujo time de futebol era um adversário recorrente do time de Columbia na época. (N.E.)

opinião é de que ele é um exaltado moleque de rua. Ele me faz lembrar muito [?] em seus momentos sérios. Ambos parecem ficar maravilhados com a facilidade com que fazem o bem. Não há nada de sólido ou substancial em nenhum dos dois. Ambos são bons repórteres observadores, isso é tudo. Visto que o mundo está cheio de [?] – todos nós sabemos disso e a Espécie Europeia recorre a Contos da Carochinha dos Velhos Países e eles chafurdam nisso [?] suas próprias personalidades, e eis aí o seu Saroyan. Uma barata à solta. Observando os meandros das outras criaturas rastejantes que cruzavam seu caminho. Eles falam sobre as irresponsabilidades da vida porque eles mesmos são desse jeito, e assim também são as fonte[s] dessas ideias.

A cultura de verdade e o valor genuíno residem numa direção diferente, creio eu. Ainda fico com os franceses quando se trata de sentimentos e uma compreensão mais aguçada da vida. Seus livros e filmes revelam uma completa superioridade sobre os produtos americanos que na minha avaliação, em nosso mundo moderno, estão entre os melhores. Não podemos nos esquecer dos nossos suecos, noruegueses, ingleses e outros labutadores que estão bem na linha de frente do desfile. A Alemanha perdeu o ímpeto sob Hitler e o impacto da última guerra. O que o futuro reserva será determinado pelos resultados desta guerra que estamos debatendo.

Agora que procurei dizer algumas coisas, imagino que você vá rir das minhas débeis tentativas de analisar as coisas.

Parte III – Jack e Leo Kerouac

Domingo, 24 de março, 1945
Querida Caroline,

Eis-me aqui com uma folha enfiada na máquina de escrever e tentando pensar no que eu deveria dizer. Sei que você quer notícias nossas, o que andamos fazendo, pensando, como vão as coisas. Bem, a sua mãe dá conta disso bastante bem nas várias cartas que lhe manda, e assim fica me cabendo a parte moral da história. Minha própria moral não anda em alta, como você sabe.

A gente vê diversas coisas aqui numa grande cidade, e duvido que exista no mundo uma cidade mais corrupta ou ridícula do que Nova York. Ela simplesmente não pode ser resumida em poucos parágrafos. Seria preciso um livro, um livro volumoso para explicar sua população, sua política, sua depravação e as ocasionais coisas boas que há nela.

E não consigo ver de que modo ela poderia ser muito interessante para a maioria das pessoas. Não faz parte da América, e talvez, por outro lado, exprime a América e suas hipocrisias predominantes melhor do que qualquer outra coisa. GRAÇAS a Deus temos o nosso pequeno apartamento longe do centro da cidade onde parece ser insuportável ter de viver.

Não tivemos notícias recentes de Paul, então suponho que nenhuma novidade é uma boa novidade.* E quanto a você? Espero que esteja bem e tão feliz quanto permitem as circunstâncias? Jack mora conosco, com escapadas de vez em quando. Ele escreveu um livro e espera vê-lo publicado. Mas é só até aí por enquanto. Um editor já está com o livro há duas semanas, e era para dar algum retorno neste fim de semana. Ele saiu na última noite de sexta e até agora, domingo à tarde, não apareceu. Ele tinha alguns dólares que ganhou com empreguinhos e saiu numa de suas farras intelectuais?, creio eu.

A história trata dos troços malucos que acontecem todos os dias em Nova York, e não é só troço bacana de modo algum.

---
* Paul Blake, marido de Caroline. (N.E.)

Conta a história de certo doido europeu que vem para cá com tenra idade e afinal vai parar em cana depois de um assassinato que comete porque está sendo assediado por outro homem??? Imagine só isso!!!

    Quanto a mim, trabalho a qualquer hora e me disponho. Fiquei de substituto num jornal esta semana e ganhei $71,25 de pagamento pela semana, então veja bem, podia ser pior. Eles me mantiveram por mais dois dias com uma perspectiva de trabalho substituto razoavelmente constante. O trabalho é moleza, e vou fazer isso por um tempo, já que tenho uns $65 de pagamento de férias chegando, e estou ansioso por botar as mãos nesse dinheiro. O sindicato está com a grana, eles ficam com o valor e pagam uma vez por ano depois de primeiro de abril.

    Provavelmente vou ficar por aqui visitando museus, zoológicos etc., e comprar umas roupas para mim se conseguir encontrá-las. Realmente preciso de roupas novas. Eu me sinto um mendigo como de costume, com meus dentes quebrados e meu furor enrugado.

    Sua mãe parece estar bem, se queixa de sentir cansaço, e creio que sente mesmo, é uma questão de saber quem está mais cansado, ela ou eu. Jack dorme o dia todo de qualquer maneira, então fica empatado. Espero que você continue a mesma, como diria o tio Ezra, puxa vida. Teu amoroso pai

A DONINHA

Um esboço de Gerard (1942)

Leo Kerouac

Um homem muito cansado dobra mancando a rua que leva para casa. Ele acaba de passar pelo lancinante cerco de uma doença que quase o aniquila, menos a vida e sua obrigação. Seu pequeno Gerard, o bochechudo Jack, a pequena e alegre Caroline e uma mãe perturbada e quase levada à loucura por fim o salvaram. Ele simplesmente não morria, então viveu, e miseravelmente por meses e meses.

E agora uma nova tristeza entra em sua vida. Atolado em dívidas, trabalhando sob condições intoleráveis, causadas por essa enfermidade destruidora de vida, seu amado menininho, seu pequeno favorito, seu pequeno Gerard, seu primogênito estava se adoentando – e começou a ficar claro que uma válvula cardíaca com vazamento era a causa e ele era tão doce, ah, meu querido Deus, tão doce. E dava tanta pena, que coração de pai jamais seria capaz de contemplar!

E enquanto ele vira na direção de casa, Gerard está esperando ansiosamente pelo papai, ele realmente amava seu pai, Ah eu sabia que amava, eu sentia. Sentado no braço da minha poltrona, dizendo-lhe coisinhas evasivas para fazê-lo abrir seu triste sorrisinho, e ele me beijava na bochecha, tímido, bicando coisinhas que machucavam, machucavam, machucavam, Ah, Deus.

Naquela noite Gerard está esperando ansiosamente, mas meus passos lentos não são rápidos o bastante para seu amor. Ele precisa correr até mim, me receber, e eu o pego no colo, dizendo: "Pobre filhinho, por que você correu, você sabe que não deve". "Mas eu queria receber você, papai", e eu o apertei tão carinhosamente junto ao peito, com olhos sinceramente cheios de lágrimas. Eu não me importava se os vizinhos vissem o que fosse. Gerard era o meu TUDO, meu doce. Adorando os animaizinhos, adorando a vida! E ele teve um tempo tão, tão curto para vivê-la.

Enquanto eu o aperto contra o meu coração e sigo mancando com ele, abraçando-o carinhosamente, seu pequeno coração está batendo contra o meu, e aquelas batidas, ah, querido Deus, aquelas batidas – a Vida se esgotando aos poucos. E eu sabia, e não conseguia suportar, mas me agarrava a ele com lágrimas nos olhos e no coração. "Você não sente o meu coração batendo, Pai?", ele pergunta. "Sente, vê como ele bate forte." "Sim", eu respondo, "sim, Gerard, Deus te deu um coração grande demais, e é por isso que ele bate tão forte. Ele é grande demais para o seu corpo, e isso não é bom", eu lhe falei. E ele sorriu seu triste sorriso, sabendo que os anjos o esperavam, pois ele era bom demais para esta Terra.

E assim veio a ser. Certa noite, não aguentei mais. Eu precisava tratar de um negócio, e então, em vez de ficar em casa, fugi da dor por um momento, e Gerard perguntou para sua mãe por que eu ficava sempre indo embora. Por quê? E naquela noite os anjos vieram, e não me deixaram nada senão a terna e doce memória do único que realmente já importou na minha vida. Chorei como uma criança por semanas, e usei uma gravata preta por mais de um ano, e aos poucos a memória foi se tornando sagrada, mas agora mesmo enquanto escrevo isto eu mal consigo enxergar as teclas da máquina de escrever – é tão vívido quanto a noite do dia 5 de junho, a noite em que os anjos chamaram o meu – Gerard.

Um esboço de Nashua e Lowell (1942)

Leo Kerouac

Esta é a narrativa de um pequeno episódio ocorrido uns quarenta e cinco anos atrás. Sim, faz muito, muito tempo.

Um menininho está sentado desanimadamente, cansado e abatido, no meio-fio de uma rua em Nashua. Mas vejam – há algo estranho também. Ele tem uma perna perfeita, mas a outra é uma coisa imprestável, quase tão larga quanto o dedo indicador de um adulto, cada osso delineado pela cobertura de pele. É uma perna que parou de crescer. Dá pena de ver! O pequeno camarada está sondando melancolicamente o cenário de pessoas e carroças que vão e vêm, com a poeira dos cascos dos cavalos cobrindo seus pezinhos suados. Não está longe de casa, mas, para ele, a casa parece ficar a milhares de quilômetros dali. Entendam, o pobre garoto não consegue caminhar muito bem, e cada passo é um sofrimento. Ele tem uma muletinha bamba para ajudá-lo pelo caminho, mas não é bem disso que ele precisa para carregar seu peso franzino para casa. Uma corda enrolada prendia sua perna imprestável ao ombro, evitando, assim, um efetivo contato dessa perna com o peso de seu corpo enquanto ele andava pulando com um pé e sua muleta.

Uma mulher de bom coração se detém e se curva. "Você está longe de casa, menininho?", ela pergunta com olhos úmidos. "Não, logo depois da esquina no fim da rua", respondeu a criança. Quatro anos de idade, mal conseguindo cecear suas respostas.

"Não quer me deixar carregar você pra casa, filho?" "Não", responde rapidamente o menino, e assim ele se levanta com esforço apoiado na muleta e se vai trotando, por fim alcançando sua casa, onde sua mãe o apanha ternamente no colo e beija seu rostinho preocupado até arrancar sorrisos.

Nós morávamos no fim de uma rua, e certa noite um homem alto, de aspecto bondoso, com barba ondeante, bate na porta e pede um alojamento para passar a noite. Ele parece ser tão bom e afável que pai e mãe cedem rapidamente à solicitação. E depois da refeição noturna, na antiquada sala de estar, ele fala sobre o menininho com a perna imprestável. Após uma série de perguntas, ele pega o menino no colo e toma seu pé nas mãos, e começa a dobrar e torcer a coisa imprestável, perguntando a todo momento se isso ou aquilo mais dói. O rapazinho responde e solta "ais" algumas vezes. De alguma forma, porém, dali em diante coisas começaram a acontecer com aquela perna, e ela começou a crescer e veio com o tempo a sustentar até 113 quilos de carne em todos os tipos de condições. O menino nunca se tornou um atleta-astro por causa daquela perna, mas foi um dos melhores nadadores que a Associação Cristã de Moços já revelou localmente, e ele conseguia torcer e curvar seu corpo com espantosa agilidade.

Uma história estranha, verdadeira, e uma história que nunca foi explicada. Que destino mandou aquele homem a nossa casa. Quem era ele? Eu tenho agora 53 anos de idade, peso 108 e sou robusto e vigoroso e essa perna ainda funciona muito bem, afora algumas pontadas ocasionais, quando ela precisa ficar ereta por muito tempo num piso duro. Tente me explicar essa aí, meu bom ateu. Sim, eu ainda acredito numa pequena oração todas as noites – e em momentos de aflição.

E EIS AQUI mais uma engraçada! Foi em Lowell em '11. Nós estávamos sendo examinados, um exame físico na Associação Cristã de Moços. O médico me mandou tirar a roupa e "Uau", ele exclamou, "Que homem! Você é um dos mais admiráveis espécimes de jovem na idade viril que jamais tive o prazer de examinar", ele me disse. E eu ri e falei "Bobagem". De onde ele tirou aquilo! Mas uma perna era bem menor do que sua companheira. Ela nunca me incomodava por aquele tempo, eu vivia tão radiante e cheio de coisas para fazer, e – fazendo-as. E agora – bem, você sabe no que deu tudo isso. E tenho medo de que você apanhe da vida também Jack – e você me acha ciumento quando sou apenas cético. EU já enfrentei – mas você precisa ENCARAR, e não é moleza, agora mais do que nunca!

Eis a ideia. Será que demos a você GARRA suficiente para enfrentar? Nós demos a você o corpo, você tem o cérebro, por acaso VOCÊ tem a garra? Eis a ideia em poucas palavras!

Você fica sempre dizendo: Por que você não escreve.

Talvez eu esteja no clima. Eu estava sentado diante do rádio e a melodia de "I Love You Truly" simplesmente botou a minha mente para funcionar – num pequeno episódio dos bons anos já tão distantes no passado. A cena se passa numa casa noturna de Montreal. Ou seria mesmo uma casa noturna no rigor da palavra? Certamente havia poucas pessoas no lugar naquela noite, segundo me lembro. Estávamos todos sentados juntos ao redor de uma mesa comprida.

Era um grande encontro familiar do pessoal da sua mãe. Doc, Carmen, Alice, a sua prima Irene, e um montão de primos menores, as esposas deles, e nós estávamos nos divertindo pra valer, com Gilles Champeau como autonomeado mestre das cerimônias de bastidores. Vinho e cerveja e destilados fluíam depressa e sem parar, todo mundo estava em alto astral.

O verdadeiro mestre de cerimônias era um moço francófono, um belo tipo de jovem canadense dotado de uma linda voz de cantor, e a sua mãe afinal conseguiu fazê-lo cantar "I Love You Truly" – e verdadeiramente ele cantou a canção, com tamanho sentimento, e tão magnificamente ele interpretou a encantadora velha canção que, toda vez que a escuto, ela traz de volta a dor e a doçura daquele tempo de alegre despreocupação – sabe, Jack, meu carro Plymouth, e as loucuras que a gente fazia com ele.

Esse tempo está muito, muito distante. Nunca vai voltar, eu sei, mas, se você me perguntasse se eu gostaria de ter feito diferente, minha resposta seria "Não, não". A alegria de participar e desfrutar de [um] encontro familiar amigável e animado, todos sorrindo rindo, meio entontecidos, mas tudo extremamente palpitante – repleto da excelência da vida, um momento para ser guardado com carinho, jamais esquecido. Laços de parentesco que nunca, nunca poderão ser igualados. Todos com suas fraquezas, suas glórias, suas lamentáveis vidinhas de cortar o coração magicamente transformadas, por algumas horas, numa hora de genuína comunicação, de genuína amizade, de genuíno entendimento. Todas as suas virtudes reluzindo, todos os seus pequenos e débeis e vagos pecados esquecidos por uma noite, um momento salutar, quando tudo parece encantado, feliz, festivo – vivo e contente.

"I Love You Truly", escolha da sua mãe. Um coração solitário buscando compreensão, talvez pedindo perdão. Eu nunca soube dizer. Vivendo um momento na doce interpretação de uma canção perfeita. Mas a sua mãe era solitária – eu tinha sido a vida toda, tenho sido. Nenhuma culpa nossa, só coisas que são mais estranhas do que a ficção. Eu sempre a conheci e entendi melhor do que ela mesma. Ela ficou muito impressionada com aquele jovem desconhecido, e ele era um sujeito ótimo e agradável, um jovem camarada compreensivo, de bom coração, cedendo às vontades dela e seus avanços maternais com um sorriso franco, um brilho nos olhos, e, ah, tão sagaz. Admirei muitíssimo aquele jovem camarada. Não consegui evitar. Ele parecia saber das coisas – e a gente sempre tenta cair nas graças dos caras que sabem.

Por que escrevo isso? É só um capricho. Sinto muito por várias coisas que se passaram, e nem um pouco de modo culpado, creio eu. Foi só a Velha Vida Desgraçada se divertindo um pouquinho, rindo de nós – ela sempre riu. Nós tentamos – e as cartas eram desfavoráveis, como geralmente são. Mas "I Love You Truly" – o amor é exatamente o quê? É a paixão de um minuto, ou a compreensão que os anos nos impõem? Eu não sei. E graças a Deus, ou às parcas, a sua mãe tem alguém hoje, a "vida sem você" seria uma vida estéril, cruel.

Veja, Jack, todos nascemos com uma finalidade. A sua está escrita no destino – Ame-a, estime-a acima de todas as coisas, pois dela você vai ganhar tudo que é bom e doce na vida, os anos o farão constatar isso. Todos os outros amores na sua vida vão parecer sem graça em comparação, quando os anos tiverem ficado para trás memórias de laços apenas permanecerão. "I Love You Truly" em Montreal, numa noite de verão, com a família. Neste lixo – quem sabe, não sei, mas há uma ideia aí, vá em frente onde eu falhei, torne a vida plena e rica para ela, e só então poderei ser ou me sentir justificado.

Registro de diário (1945)

Jack Kerouac

(Li hoje algumas palavras muito convincentes de Julian Green... confessadamente, sou influenciado por homens como ele. Ele disse que é preciso manter um diário perpétuo. Agora que penso nisso, se eu tivesse mantido um diário dos acontecimentos do verão de 1944, hoje teria material para um belo livro... amor, assassinato, conversas diabólicas, tudo. Agora é tarde demais, claro, para apanhar tais maduras tragédias vivas enquanto elas caem do galho, é tarde demais para apanhar essa. Começo este diário com a fé e a certeza de que outras coisas igualmente dramáticas acontecerão comigo, num momento ou outro. E Green afirma que aquilo que você escreve no seu diário, por mais enfadonho que seja, depois será sempre de um interesse extremo, quase excruciante. Sim, percebo que sim... algumas linhas de conversação, algumas cenas do passado: coisas assim eu devoraria como um faminto. Então aqui começo.)

21 de agosto

HOJE FUI DESPERTADO às dez horas de um sono profundo (dormindo para me desintoxicar de "Viagem ao fim da noite" de Céline!)... era a Cruz Vermelha ligando. Minha irmã, num acampamento do exército em Indiana, fazia preparativos para voltar para casa por força da iminente operação de tumor do pai no hospital do Brooklyn. A Cruz Vermelha queria o nome e o número de telefone do médico do meu pai. Minha irmã não está perdendo tempo. A guerra terminou, ela quer voltar para casa e esperar pelo marido, Paul, que no momento se encontra em Okinawa. A doença do pai lhe oferta uma esplêndida oportunidade. Depois da ligação, tomei um banho frio e me atarefei com uma viagem à Universidade de Columbia, onde eu precisava providenciar que cópias das minhas notas da Columbia fossem enviadas à Universidade da Califórnia. Problema, no entanto... com o arquivista lá, que quer os $178 que devo a eles. Tratei de fazer arranjos sub-reptícios com um funcionário. Pode dar certo, *qui sais*?* Depois disso, passei pelas bibliotecas da Columbia, diversas delas, e li. Julian Green; sobre a vida de James Joyce; li a *Kenyon Review*, a *Partisan Review*... todo o enfadonho intelectualismo não chegando absolutamente a lugar nenhum, um claro-escuro de caos. Eu estava doido para descobrir mais a respeito de Louis-Ferdinand Céline, mas ninguém parece dar bola para ele. Ele é um alienígena, aquele louco. Acho que há milhares de gênios como ele na Europa, um em cada esquina, que não se dão ao trabalho de escrever. O mesmo não pode ser dito dos Estados Unidos, creio eu, ou talvez eu esteja errado. Céline me jogou numa nova associação maluca de ideias... talvez ele tenha mudado a minha vida, como Thomas Wolfe mudou. Tenho certeza de que ele mudou a minha vida neste minuto. Nenhum Spengler, nenhum Rilke, nenhum Yeats, nem mesmo um Rimbaud me comoveu tanto, dos pés à cabeça, por assim dizer.

 Meu plano era permanecer na cidade e encontrar ou Gilmore ou Seymour, e então decidi ir ver o meu pai afinal de contas (para provar que eu era indiferente à tragédia da minha própria vida, e capaz de transcendê-la e continuar intacto, na mente, e não na índole, para a minha escrita). Eu fui ao hospital. Ele estava sentado na varanda com mãe. Ele tem pela frente uma operação muito séria... está, é claro, taciturno e meio assustado.

---

* Do francês: "quem sabe?". (N.T.)

Vão extrair um tumor dele. Somos todos podres por dentro, isso é o que somos. A vida é podre por natureza. Tudo na natureza é podre. Reciprocamente, todos os bacilos são podres também, porque eles mesmos apodrecem quando não conseguem se alimentar de carne apodrecível... algo nesse sentido. Foi uma cena e tanto. Fiquei sentado observando meu pai. Seu cabelo estava de viés sobre um domo careca exposto, como um cadáver que eu vira certa vez no necrotério do Bellevue. Nós conversamos. Meu pai está aprendendo muita coisa no hospital; toda a bobagem racial se foi, ele enxerga todos os homens como são, um a um... e todas as mulheres, claro. Um assistente amigável bateu papo conosco e explicou a lei da natureza. Foi divertido e aterrorizante. Percebi naquele momento que eu era só *mente* – que eu mal me dava conta do meu próprio corpo podre, quando quer que fosse. "Uma reunião de cúpula da natureza com a mente", isso é o homem. Minha mãe e eu fomos embora depois de um tempo. Quis mostrar ao meu pai que eu me sentia terrível, tocando sua mão na despedida. Mas não consegui. Constrangimento. Constrangimento em face da morte. Eu me limitei aos dispositivos de sentimento normais, como beijá-lo. Um toque da mão, na despedida, significa bem mais. Nós todos andamos por aí, perdendo uns aos outros, pensando a respeito, nós mesmos nos perdendo, extremamente vagos, e então, quando chega o final, ficamos surpresos e extremamente trágicos. Ora! Vivemos todos vedados em nossas pequenas e melancólicas atmosferas pessoais, como planetas, e girando em torno do sol, nosso desejo comum, mas distante. Nunca esquecerei aquela cena na varanda. Foi porque havia o conhecimento de que meu pai poderia morrer, mas, claro, não acredito nem um pouco que ele morrerá. Mas o conhecimento estava lá. Um vento fresco veio atravessando as árvores na rua. Havia uma calma obscura. Os cabelos finos do meu pai se mexeram ao vento. Observei minha mãe e guardei comigo meus pensamentos; e então observei meu pai. Estávamos todos envolvidos pela profunda constatação de como a vida realmente é. É você gradualmente perder o sal, isso é a vida. Amanhã o meu pai vai perder tanto mais de seu sal. Como diz Gide, onde ele vai poder pegar seu sal de volta?

O atendente completou o quadro todo, contando como peixe come peixe, e como animais ignoram seus enfermos. Você começa como um bebê, presumivelmente novo e cheio de sal, e aí você cresce e aos poucos vai perdendo tudo... sem esquecer o fato de que um bebê é em si, claro, um pedacinho podre da humanidade. Um bebê morto fede tanto quanto um velho morto. O atendente emitia esses pensamentos. Ele mesmo está inchado com uma hérnia, está branco e amarelo com cirrose do fígado, e pode até ter, por sua vez, um tumor ou câncer. Ele lida com os mortos no hospital. Um homem morreu enquanto estava sendo lavado por esse atendente, bem na cama ao lado. O homem saltou e caiu de lado na cama, batendo a cabeça na parede, e morreu. Alguém gritou para o atendente: "Ele precisa de você!". O atendente deixou meu pai como estava e se aproximou do morto. Mais tarde, levou o corpo para o necrotério refrigerado no porão. Meu pai diz que, nestes tempos de prodígios, a gente ganha um pouco de ar refrescante antes do inferno. Chega.

Minha mãe e eu voltamos para casa. Eu me joguei na cama, cansado demais para continuar escrevendo. (Estou trabalhando num romance.) As coisas são como são... e Jó diz "Coisas maravilhosas demais para mim". *Peut-entre, mon petit.** Eu mesmo desconfio das palavras, agora mais do que nunca.

22 de agosto

DEPOIS DE TER DESPACHADO um pequeno assunto na cidade relativo a recebimento de dinheiro, voltei para casa e soube por mãe e irmã... da pior desgraça possível quanto ao meu pai. Ele está morrendo de um câncer no baço. Nesta noite, no hospital,

---

* Do francês: "Pode entrar, meu pequeno". (N.T.)

enquanto não pego no sono por causa dele, por causa de tudo, por causa de mim, aqui – ele também não está insone? Ele está pensando no quê? Eu o vejo descendo a rua, passando por aquele último poste de luz lá; escuridão adentro... Há campos lá para ele? Ele adora os campos, que droga. Ficamos sentados pela casa, minha irmã e minha mãe e eu, discutindo o problema do dinheiro... hospitalização, tudo isso. Senti um impulso de desaparecer, nunca mais voltar à doença e à morte e à sufocação do meu próprio sangue vital. Dei uma caminhada de cinco quilômetros... o verão assassino, a lua assassina, a loucura fratricida em mim, a insanidade parricida pior do que tudo... Sim, ele perdeu seu sal, seu sal todo, cedo. MEU PAI ESTÁ MORRENDO E NÃO CONSIGO ENCONTRAR A LINGUAGEM, e isso é o mais abominável: Adeus, doces pensamentos. Como poderei me olhar no espelho de novo? Quem diabos sou eu? Como é possível que ele seja meu pai, e que eu seja filho dele... Uma vez, quando mais jovem, ele quase morreu: o médico havia puxado o lençol sobre seu rosto: isso o apavorou! No momento seguinte ele estava erguido, sentado numa cadeira. Ele nunca, nunca teria conhecido a minha mãe. Ou, tivesse ele morrido então, eu teria me tornado algo diferente do que sou agora, devaneando à noite, sob a sorumbática lua cheia do agosto assassino.

Ai de mim, tentei escrever esta noite. Não consegui encontrar a linguagem. Ferdinand Céline já está escapando de mim, e eu mesmo estou escapando de volta a mim mesmo, ao eu que não é o bastante. Mas precisamos ser nós mesmos!... Fiquei irritado pensando em Julian Green e em como ele escrevera "The Closed Garden"... calmamente, no campo, imaginando a mulher. Será que seus dons foram respeitados antes de ele recebê-los? Ele não sofreu?... e eu pensei em todos os outros, os imensuráveis sofredores por todos os cantos. Travesseiros esmurrados! A pessoa é piorada a cada dia que passa... é verdadeiramente escada abaixo rumo ao conhecimento, uma "viagem para baixo noite adentro". Eu disse a mim mesmo: meu pai morre, mas não morrerei com ele. Falei isso porque achava ter talento artístico. Então vi que não tinha, de súbito, nunca tive.

Criação artística! – não são mais meras palavras, não é um conceito metafísico, metodológico. É algo, agora, que é puramente uma questão pessoal. Que vá para o inferno o resto do mundo, e as teorias artísticas, e a arte. A criação artística é a minha vida: tudo se reduziu a isso, ao eu sozinho, o sozinho e escuro eu, e sem isso não vou viver... por nada. Resume-se a isto agora: só me interesso pela vida e pelas pessoas na medida em que entrarem na minha mente e se tornarem arte. Caso contrário, fico indiferente, desinteressado, entediado e também morrendo. Essa é a minha "grande ideia soberba". Morrer com isso algum dia. E não chegou! Enquanto isso, *ele* morre! O que direi a ele? Aquele que se recusa a morrer morre... Este é o meu registro para o dia.

Une autre chause:* minha irmã voltou para casa; ele a viu, saindo do éter por um momento, e beijou sua mão. Ele ficou rindo também, como Leon Robinson. Rindo! acenando para elas lá do submundo onde estava pouco antes de cair outra vez nele, acenando para elas. Eu não estava lá... Eu não teria suportado, rápido assim saber. Amanhã vou lá vê-lo. Ele não sabe. É claro, ele não deve jamais ver este diário. Preciso escondê-lo. Posso estar matando meu pai ao escrever isto, já que ele vasculha os meus papéis o tempo todo. Contudo, não verá este diário, isso se chegar a voltar para casa.

Fico deitado, à noite, encarando sua cama vazia perto de mim. Ele que roncava tão pesadamente. Bem, isso é a vida e a morte. Todos nós sabemos, mas nenhum de nós *percebe*. Talvez nem mesmo ele perceba... lançando-se de novo à vida em confusão. Mas eu sei que ele sabe! e percebe! Meu pai é um grande homem. Isso é sustentado por fatos que apresentarei mais adiante.

Estarei traindo a minha vida, tudo que diz respeito à minha vida, se não conseguir encontrar a linguagem. É a isso que tudo se resumiu: algo pessoal assim, com todas as teorias desaparecidas

---

* Do francês: "Outra coisa". (N.T.)

para sempre. Estarei traindo a minha vida, meu pai, se eu não encontrar a linguagem.

23 de agosto

MAS É CLARO QUE HOUVE DISCREPÂNCIAS nos sombrios prognósticos da minha mãe. Eu mesmo fui ao hospital, hoje com irmã, e falei com o médico. Ele não tem certeza se é câncer... Só um baço de dimensão anormal, grande demais, também, para extrair... A tremenda raiva do pai com a tolice e a injustiça! É o baço, veja! Ele estará em casa dentro de dez dias: veremos o que acontece. No meio-tempo, ficamos todos aliviados. E há um entendimento entre o meu pai e eu, agora, que promete ser de uma qualidade épica-heroica, sim! Nunca um Édipo se reconciliou tanto com seu pai!... e por tais razões! Posso retomar minha arte sem ter de forçar minha própria vida por trás ao modo cruel e sem vida que é necessário em tais assuntos. Falando praticamente, posso frequentar a faculdade e ter o suficiente para comer. Em frente rumo ao nebuloso futuro, em bom ânimo.

3 de setembro

Meu pai está bastante bem agora... foi tudo uma confusão. É claro que ele nunca vai voltar a ser quem sempre foi, mas *c'est la vie...**

Hoje, Dia do Trabalho, um dia ensolarado e claro com o suave carvão azul insinuando outubro, senti um ressurgimento do velho sentimento, o velho ímpeto faustiano de compreender o todo numa só tacada, e de expressá-lo numa única obra esplêndida – principalmente, a América e a vida americana. Bandeirinhas, folhas voadoras, famílias bebendo cerveja em seus próprios quintais, carros enchendo as rodovias (a guerra estando agora oficialmente terminada), crianças bronzeadas e prontas para a

---
* Do francês: "É a vida...". (N.T.)

escola, o cheiro de assados saindo dos chalés nas ruas frondosas, a rica vida americana por inteiro, num único panorama. Eu tinha a sensação de ser alheio a tudo aquilo, enquanto caminhava para lá e para cá... que tudo aquilo nunca poderia ser meu para ter, apenas meu para expressar. Eu me sentia como um exilado. Falei isso à minha mãe, dizendo que talvez fôssemos franceses demais para ser americanos, com quem sabe uma dose demasiada do gélido e severo bretão em nossas vidas e uma ênfase insuficiente em seu fogo e na paixão celta...Todo mundo nos Estados Unidos hoje, 3 de set. 1945, está voando por aí num carro, nas rodovias, em praias, celebrando o Dia do Trabalho, o fim da guerra, celebrando a vida, qualquer coisa... bem na medida em que podem celebrar. Tudo isso, os chalés com risos e boa comida e vinho, os carros nas rodovias, os rádios estridentes, as bandeiras e bandeirinhas – nada disso é para o meu gosto, nunca. É estranho, pois estou ciente de que entendo tudo isso muito mais completamente do que as pessoas que têm de fato a riqueza americana em si... Talvez eu não queira, pode ser esse o caso. Outras coisas eu quero sim. Hoje me veio à memória uma conversa no Greenwich Village no verão passado: Mimi West me perguntara o que eu estava procurando, isto é, na minha escrita, e eu lhe respondera: "Um novo método". Nesse momento, Lucien Carr se metera: "Um novo método!... e uma nova visão". Bem, ele estava errado; a visão eu tenho, é do método que preciso... a visão não pode ser expressada sem o método. A visão está toda disponível, esteve dolorosamente disponível à minha compreensão o dia todo hoje, enquanto eu caminhava para lá e para cá... Um dia vou expressá-la. Não tenho dúvida de que vou.

    O progresso no romance de Phillip Tourian, sua versão pessoal sem colaboração, está bom: 25 mil palavras na semana passada. Céline abriu uma brecha em mim, não a brecha inteira, mas o bastante para liberar tanto quanto for permitido.

Um exemplo de prosa não*espontânea e deliberada (11 de outubro de 1954)

Jack Kerouac

CERTA TARDE PURA na época esplendorosa que é o veranico de outono na triste terra setentrional, na América mal escutada veio ecoando o blues lento do trompete conforme ruminado pensativamente pelos lábios de deprimidos músicos de jazz com olheiras fundas filosofando sobre coisas do dia nas profundezas da noite do clube, luz antiquada & dourada despencando pela saída de incêndio & registrando barras sombrias em beco de breu remoto, 1922, o céu chamuscado de um laranja avelã queimado como se o verão desgastasse as bordas do azul, & das ruas de cidades pequenas e cidades grandes ascende o bom e sonolento bruxuleio de adubos & óleos aquecidos pelo sol e atividades fumigadas do prosaico sonho diário, Homem que você vê ali autoconfiantemente & comovedoramente caminhando adiante com a perfeita acomodação de certo fantasma líquido numa ação mágica dentro da mente ou impressa na tela bem-aventurada da Piedade essencial em certa Noite Vazia central para nada, de modo que no instante da morte, você pode imaginar, alguém deve ter pensado "Ah todas as coisas não eram senão ignorantes formas de piedade!", um jovem tipógrafo que era meu pai Leo Kerouac de Lowell Mass. estava sentado perante sua escrivaninha de tampo corrediço sua cabeça preta encaracolada apanhava partículas de poeira nevando no feixe da tarde, seu rosto tempestuoso com carrancas de escuro bretão, cerimonioso em colete & mangas de camisa enroladas exibindo braços grossos fervorosos, corpo avidamente inclinado à frente sobre as trevas ferrosas de uma velha máquina de escrever negra com o arco de suas costas onde o colete cintilante revelava a camisa desleixada entregando sua excitação, pensando, na honestidade de seu coração franco-canadense, "Escrever esta velha coluna direito, como eram as coisas 25 anos atrás em Lowell por que então, minha nossa, como é que eu vou fazer o pessoal ler de modo a parecer que era real *então* como as coisas são reais *agora*, a menos que eu infiltre alguns pesares dos velhos tempos". Com os dois dedos indicadores ele taqueou as teclas, olhos esbugalhados na escrita, tempo precioso correndo para sua edição de sexta à noite do tabloide cinematográfico de oito páginas Spot Light, 2 centavos o exemplar mas distribuído de graça nas sextas à noite para frequentadores dos cinemas de Lowell saindo à meia-noite às cotoveladas rumo a ruas tão tristes que, você pensaria, a fresca rosa da cortina da sessão das oito horas estaria lá prostrada e cansada e gasta e petrificada, e saiu na página como segue: "25 ANOS ATRÁS Nos velhos tempos um dos maiores sucessos cinematográficos já registrados aqui..."

Reflexão sobre Leo (1963)

Jack Kerouac

Agradeço a Deus porque, ao me trazer em nascimento a este mundo tão lamentável que até os ossos de delicadas damas são lançados ao pó, pó mesmo, quero dizer à sujeira, velha sujeira lamacenta suja de velha toda aquela doçura de rosto e mãos e arranjos refinados tudo entregue aos vermes que botam olho grande nelas antes mesmo do término do último Te Deum na capela ou na igreja, neste mundo tão realmente paradoxalmente insuportável quando você pensa bem, onde bebês pequenos morrem sem a menor mácula na fronte, Deus, ao me dar à luz nesta bagunça das bagunças chamada vida, deixou-me ao menos provir das partes baixas de meu pai Leo Alcide Kerouac que foi o único homem honesto que já conheci e o único expressador completamente honesto daquilo que pensava sobre o mundo e sobre as pessoas nele.

Não que não existam outros homens honestos mas até aqui não os conheci, exceto um ou dois, que mesmo assim têm alguma espécie de otimismo falso para ocultar a vergonha de saberem que têm tanto, têm truques emprestados das filosofias de outros, ou se enterram em obras, artifícios e explicações despropositados como ávidos homens condenados no banco das testemunhas, o que for. Mas meu pai se mantinha atordoado e nu sob estas estrelas e nada respirava senão desespero e sabia disso e dizia, e me contava.

Nos últimos meses de sua vida em seu leito de morte ele me contou coisas no meio da noite que deixariam o seu cabelo em pé.

Já escrevi em outro momento sobre seus primeiros tempos, seu nascimento em St. Hubert Quebec (não a St. Hubert perto de Montreal mas a outra ao norte perto da Península Gaspé, perto de uma cidade chamada Rivière du Loup que segundo se dizia pertenceu aos Kerouac antes de os empreendedores ingleses de 1770 ou mais ou menos isso a tomarem para si por meio de trapaças legais). Já escrevi sobre seus primeiros e vigorosos tempos como trabalhador do ramo de seguros, impressor, pai de família faceiro e boa-vida com seu chapéu de palha em Lowell Mass. e cheguei até mesmo aos últimos tempos, quando, depois de perder seu negócio de impressão por causa das dívidas de jogo (cavalos e cartas), ele mergulhou em desgraça perambulando por cidadezinhas lúgubres da Nova Inglaterra como linotipista ocasional indo para onde quer que o sindicato o mandasse. Foi durante essa época que a bestial natureza filha da mãe fez com que eu, seu filho, começasse a entrar num ritmo tremendo, próspero, brilhante, juvenil... só de pensar fico envergonhado. Mas agora, assim, ele estava transferindo a mim as esperanças de sua própria juventude.

Eu era um bom atleta e um bom estudante e estava rumando para a faculdade em Nova York com um halo em volta do meu cabelo e grandes pernas grossas em meias de lã.

Agradecimentos

Reservo minha mais profunda gratidão a John Sampas, executor literário do espólio de Kerouac. Seu abrangente conhecimento dos arquivos de Kerouac me assombra continuamente, e este livro não teria sido possível sem seu espírito perspicaz, generoso e intrépido. Tive momentos de grande alegria em nossas conversas a respeito de tais materiais (e uma vasta gama de outros tópicos), muitas das quais foram realizadas na mesmíssima casa em que os jovens Sebastian e Jack tramaram suas ambições literárias. Espero que John fique contente com este livro, que deve muito a seu entusiasmo e sua sagacidade.

Justine DeFeo dedicou-se por inúmeras horas extras como minha assistente de pesquisa e edição neste projeto, embora seu ardor e seu cuidado com os detalhes jamais tenham esmaecido. Seu arrebatado fascínio por todas as coisas do universo de Kerouac e sua empolgação em face de novas ideias fizeram com que ela fosse uma companhia verdadeiramente prazerosa. Fico extremamente orgulhoso do trabalho que Justine realizou neste volume e espero que ela tenha aprendido tanto quanto eu ao longo do caminho.

Diversos anos atrás, Bob Comeau, meu amigo de longa data, contaminou-me com seu instruído fascínio pela vida e pela música de Dmitri Shostakovich. As páginas finais da minha introdução teriam sido impensáveis sem sua influência.

Este livro também deve tremenda gratidão a diversos dos meus colegas na Universidade de Massachusetts – Lowell, sendo que cada um contribuiu com sua particular sabedoria e inteligência para as ideias reunidas aqui. Num estágio inicial, Andre

Dubus III examinou os materiais de arquivo agrupados por mim e me ajudou, então, a pensar sobre como eles poderiam ser organizados. Sua intuição e seus questionamentos foram fundamentais para a estrutura deste volume. Mike Millner e eu trabalhamos juntos em numerosos projetos relacionados a Kerouac desde que cheguei à UML em 2011, e me sinto continuamente inspirado pelo grau de fervor, atenção e rigor que anima suas aulas, sua erudição e seu empenho nas ciências humanas. As ideias e o senso de compromisso intelectual de Mike foram revigorantes e influentes. As várias boas ideias de Anthony Szczesiul, Keith Mitchell, Jonathan Silverman e Chad Montrie também influenciaram a minha escrita neste volume. Espero que cada um deles reconheça suas distintas contribuições.

Robert Guinsler, da Sterling Lord Literistic, proporcionou imensas doses de auxílio e apoio em todas as etapas desta empreitada, a exemplo da equipe editorial da Da Capo – em especial Ben Schafer, Carolyn Sobczak e John Searcy.

Melissa Hudasko – minha querida Mishka – conviveu com este projeto durante toda a trajetória de seu desenvolvimento. Ela continua sendo minha primeira e última leitora, minha companheira de viagem por um mundo de ideias e experiências que é singularmente nosso. A gama das curiosidades e habilidades de Melissa nunca deixa de me assombrar e me encher de orgulho, e me sinto incrivelmente grato por compartilhar esta vida (e todos os seus mistérios inerentes) com ela.

T.F.T.

TODD F. TIETCHEN é professor assistente de inglês na Universidade de Massachusetts em Lowell, onde dá aulas sobre escrita beat e literatura norte-americana contemporânea. É autor de *The Cubalogues: Beat Writers in Revolutionary Havana*, além de numerosos artigos sobre arte, literatura e a história intelectual dos Estados Unidos.

lepmeditores
www.lpm.com.br
o site que conta tudo

IMPRESSÃO:

PALLOTTI
GRÁFICA

Santa Maria - RS | Fone: (55) 3220.4500
www.graficapallotti.com.br